人间缓缓

丁立梅 著

北方联合出版传媒(集团)股份有限公司
万卷出版有限责任公司

图书在版编目（CIP）数据

人间缓缓 / 丁立梅著. -- 沈阳：万卷出版有限责任公司，2024.12. -- ISBN 978-7-5470-6641-6
Ⅰ. I267
中国国家版本馆CIP数据核字第2024KQ4659号

出 品 人：王维良
出版发行：北方联合出版传媒（集团）股份有限公司
　　　　　万卷出版有限责任公司
　　　　　（地址：沈阳市和平区十一纬路29号　邮编：110003）
印 刷 者：辽宁新华印务有限公司
经 销 者：全国新华书店
幅面尺寸：145mm×210mm
字　　数：200千字
印　　张：8
出版时间：2024年12月第1版
印刷时间：2024年12月第1次印刷
责任编辑：史　丹
责任校对：张　莹
封面设计：仙　境
封面插画：长腿姑姑
版式设计：李英辉
ISBN 978-7-5470-6641-6
定　　价：38.00元
联系电话：024-23284090
传　　真：024-23284448

常年法律顾问：王　伟　版权所有　侵权必究　举报电话：024-23284090
如有印装质量问题，请与印刷厂联系。联系电话：024-31255233

目 录

第一辑 花开在野

一万个春天在跳舞 /3
看花去吧 /8
沾得人间一捧色 /10
花开在野 /17
生命的厚度 /19
春在溪头荠菜花 /21
数枝红蓼醉清秋 /24
一枝疏影待人来 /27
一溪梨花一溪月 /30
一身诗意一年蓬 /33
低调的苔藓 /36
采一把艾蒿回家 /40
在心上,铺一片沃土 /42

第二辑　花花世界里的人

母亲的炊烟 /47

秋色自此生暖 /50

那一地的刨花 /53

夏天是站在鸡蛋上头的 /56

花花世界里的人 /58

写给小豌豆 /61

乡下的年 /64

老　街 /67

孩子和秋风 /71

朵　朵 /74

一　百 /77

让梦想拐个弯 /80

放慢脚步 /83

采采卷耳 /86

人淡如菊 /89

让每一个日子，都看见欢喜 /92

第三辑　等一个月亮

书香做伴 /97

等一个月亮 /100

文学好比菩提花 /103

闲话读书 /105

越剧时光 /109

文字的节奏 /112

读书的意义 /115

踏莎行 /117

读　帖 /119

锦　瑟 /122

小暑小热 /124

生活需要艺术 /127

我的大学 /130

数点梅花天地心 /133

第四辑　人间缓缓

做个好天气一样的人 /139

捡得一颗欢喜心 /147

人间缓缓 /150

所谓拥有 /155

做好自己 /160

数数你的快乐 /162

夏日漫长 /166

草在笑 /169

一定要，爱着点什么 /173

时间无垠，万物在其中 /175

雪时光 /178

送自己一朵微笑 /180

总有一束光，能被我们捉住 /183

人间岁月，各自喜悦 /186

第五辑　旅行的意义

旅行的意义 /191
好时光 /194
石塘人家 /196
巴斗的露珠 /198
泡在乌镇千年的酽水里 /201
夜宿西塘 /206
游人只合扬州老 /214
我已在这里，坐落千年 /218
绿 /221
逢　简 /225
山是烟波横 /228
章丘的水 /231
南有乔木 /233
鲜花、雪山、小旱獭 /241
坐着火车去远方 /244

第一辑
花开在野

一万个春天在跳舞

> 你必须热爱你手头正做的事,你必须和它坠入爱河,你才能收获到快乐。

一

紫藤花开了满满一长廊,太多了,紫色的洪水般的,奔腾咆哮着。

我仰头欣赏了大半天,问它借了两串——这不过是它汪洋中的一滴,想来它也不会太介意。

它当然不介意,我走远了回头看,它依然披一长廊的紫。如紫色的洪水般,咆哮着奔腾着。

我回家,去茎去叶,只留花儿,拿盐水泡了。一大把紫色的"小蝶儿",拥挤在我的碗里。

我又用开水焯了。然后，沥干水，切碎，搅拌进糯米粉里。再揉成团，分成一个一个剂子，压扁了，成紫藤花饼。平底锅抹一层油，起火，趁着油滋啦啦唱起歌的时候，把饼放进去，烙得两面嫩黄，即可起锅。

真香啊。太香了！

做这些时，我一直在哼着歌，心情愉悦得好像有一万个春天在跳舞。

我想起一句话来，你必须热爱你手头正做的事，你必须和它坠入爱河，你才能收获到快乐。此话说得真是十分十分正确啊。

二

下午散步，走到一条小河边，看见一只夜鹭，蹲在水边，胖胖的身子蜷成一团，像块石头似的。它一动不动盯着水面看，偌大的世界，在它眼里，只剩眼前的一汪水了。它专注地看呀看，差不多要把水面盯出个洞来。

我很想知道，它是在看鱼吗？它大概很不明白，鱼为什么能在水里面游呢？

或者，它是在欣赏自己的倒影，为自己英俊的外表所倾倒。却又想不明白，为什么自己会出现在水里。

又或者，它是在欣赏水里面的天空，惊奇云朵怎么能在水里面走。

它始终无法想明白，因此多了很多探究的乐趣。正如我始终没有想明白它，因此一个下午，我都快快乐乐地看着它，觉得有趣极了。

三

南方的云太吓人了,像是从天宫里放出来的魔兽,一个个都无法无天的。它们在天空中翻滚着、追逐着、扑打着、撕咬着,真担心它们会把天给捅出十个八个窟窿来。

那是在深圳,我正走在大街上,偶一抬头,被这大闹天宫的云给吓了一大跳。一旁一扫地的环卫工人见我仰头看天,他也挂帚观看。他的脚边,落了一地的凤凰花,红扑扑的。

我看了许久。

他也看了许久。

我们后来相视一笑,不着痕迹地交换了云的秘密。

四

搬进新居的时候,我在新居进门的一面墙上,挂了一幅十字绣。画面上,绣着个捧陶罐的女人,十分的典雅。这是一朋友绣好送我的,一进门,就能看到。

我平时很少打量它。只有客人来,才会看两眼。客人盯着画看,赞叹道,好漂亮的画!这是满格绣呀,得花多少工夫才能绣出来呀。客人说。客人是个懂行的。当他得知这是朋友绣好送来的,便越发感慨起来,你们这个朋友对你们太好了,这画绣得多好啊。

我和那人也只是附和一声,是啊,是啊。顺便看一眼画。心里并没有太大的波动。再漂亮的东西，久了，也就熟视无睹了。

后来我有了工作室。工作室里缺少装饰，我便把这幅画取下来，挂到工作室去了。

再回家，进门时，总觉得有些不习惯了。靠近大门的墙上空了一块，又荒芜，又冷清。最后到底跑去工作室，把那幅画取回来，重又挂上墙，这才一切回归正常——日日待在身边的事物，早已成了不可或缺。

这颇像在婚姻里相处久了的两个人，不再有新鲜感，也不再说爱了，日子似乎乏味着，可一旦失去一个，便会留下巨大的空洞，任什么也填补不了。两个人早已于不知不觉中，渗透进彼此的生命里，你离不开我，我离不开你了。

五

我被一架子花花绿绿的扎头绳吸引住。

我挑拣，购买。

那是在印度德里，一个繁华的商场里。

我身边的同行者，和我年纪相仿的陈女士，相当不理解我的行为。她刚刚买了几万块钱的珠宝。她的口头禅：到我们这个年纪的女人，要好好享受生活。

到了我们这个年纪——这是我听她说得最多的话了。

她问我，你买这个做什么？

我答，扎小辫子用呀。

啊，扎小辫子？她惊讶地瞪大眼，嘟囔道，到了我们这个年纪，还扎什么小辫子,还不如买点珠宝戴戴来得实在。

我笑笑,兀自欢欢喜喜买了一大堆,赤橙黄绿青蓝紫。我要一天换一种颜色扎。

我挑了两根蓝色的扎头绳,扎两只小辫子垂在胸前——这样的发型,在她眼里,很不符合"我们这个年纪",可是它是多么适合我。

年纪是什么?它只是时间的一个刻度而已。我经过了它,它却主宰不了我的心情和我对待生活的态度。

每个人的人生,都是自己的人生,只做自己觉得舒服的事情,不问年纪,不问来处去处,欢喜自在,便好。

看花去吧

　　草木的态度一直是明朗的、赤诚的，暴风来考验，雨雪来考验，它们都丝毫不退让。

　　春分早已过了，温度却持续走低，真正的"倒春寒"。

　　自然气候变化万端，不按常理出牌才是正常。那么，世事多变，悲欢无常，也皆是再正常不过的事了。我们能做的，要做的，就是接纳。并尝试着，从暗里头，寻找一点儿光。从寒里头，寻找一点儿暖。从寂静与荒芜里，寻找一点儿清明。

　　比如，看花去吧。

　　草木的态度一直是明朗的、赤诚的，暴风来考验，雨雪来考验，它们都丝毫不退让。只要春天的口哨一吹响，它们就萌动起来，发自己的芽，开自己的花，不错过生命中任何一个律动的节拍。好像一个严谨的学生，一听到上课的铃声响，哪怕正睡思昏沉，也会一跃而起，端端正正坐到课堂座位上。

草动春色。花动春色。

我在每个黄昏出门,刚到电梯口,知道要下楼了,我就开始激动,我又要去相会花们草们了。人说,年年岁岁花草相似。其实哪里是啊,今年的这朵这一棵,远不是去年的那朵那一棵了。一生中又能有多少个春天好相遇?

也只有,珍惜了。

走在春天的大地上,身体里荡漾着嫩草的呼吸。走着走着,眼前的树开起花来,草开起花来,一个宇宙似乎也开起花来。你往往要被吓一大跳,那些小生命汇聚出的盛大和宏伟,乘风破浪,排山倒海,颠覆众生。

春天干的都是惊天动地的大事啊,为大地接生,为山川换颜。

这个时候,宜花心,宜见异思迁,宜朝秦暮楚,宜放荡,宜大醉三千场……置身于春天的"后宫"之中,佳丽何止三千?且个个都身姿曼妙,能歌善舞,谁能做到无动于衷?亭亭艳,袅袅香,凡心洗净,我且一朵一朵,慢唤出它们的名字:结香、柳、迎春、玉兰、二月兰、荠菜、婆婆纳、宝盖草、桃、红叶李、早樱、紫花地丁、野豌豆、蒲公英、三叶草……

四野里响着它们金黄的、碧绿的、乳白的、粉红的、蓝紫的回音:哎!我贪婪地谛听着,心甘情愿沦陷于这色彩的旋涡里,重又一毫米、一毫米地,把生活爱上。

沾得人间一捧色

万物理应相亲相爱,这才是世界本来的样子。

水 仙

买水仙,我不喜欢买培育好了的,而喜欢买下它的种球。这个时候,根本看不出它天赋异禀什么的,它就是一个寻常的球根,扔到一堆石蒜里面,绝对找不着。故有花贩拿石蒜来冒充它,我上过一次当。

把买来的水仙种球扔在水里吧,再给它一点儿光,它就着手盘算起未来的事,所列计划有条不紊:什么时候出芽,什么时候抽茎,什么时候长叶,什么时候打花苞,什么时候开花……它都安排得好好的,用不着你操一点点心。你要做的,就是不时跑过去欣赏欣赏。

它的生长，像极了胎儿在母亲的子宫中渐渐长大。一天天，你眼见着它的头长成，腿长成，手长成……终于，成完整人形。这是生命的趣处，从无到有，每一步都是神奇。

我欣赏着这个神奇，对我自己这条完整的生命，格外敬重起来。对我以外的生命，格外敬重起来。每一个生命的出现，都要历经这样的艰难跋涉，不容易。

它冒出小小的芽来。

它抽长出绿绿的茎和叶子来。

它亭亭起来，有了一棵植物的样子。

它开始有了小心思了，并且把小心思偷偷地藏起来，藏在一个小小的翡翠色的嫩苞苞里。

我像极一个眼看着自己的小女儿长大成人的老母亲，密切关注着它的一举一动，欣喜着，激动着，骄傲着。

终于，我的水仙恋爱了，它拼命积攒着它的热情，一刻不停地酿造着它的甜它的香。它要为爱奋不顾身。它要为爱勇往直前。

一个深夜，它把它的全部拥有都奉献出来，包括一颗爱的心——我的水仙花，盛开了。银台金盏，翠袖飘摇，空气喷香。

世界，因为一朵水仙花的盛开而有些不一样了。

结　香

晚上散步，我对那人说，多拐些路，我们去看结香吧。

二月里，春寒料峭，幸得有结香开。它在，湿冷的空气，才一寸一寸暖和起来。

你不用担心它不在家，不用担心会被它拒绝，不用担心不被它热情接待。它守在小城的通榆河畔，随时随地都在等着客人上门。不论你是贫贱的，还是富贵的；不论你是得意的，还是失意的，你若愿意叩响它的门扉，它必捧着大捧的浓香，迈着碎步来迎你。

它让你如贵宾，得到尊重和礼遇。

那人沉迷于它的香，露出他天真的孩子气的一面，他把头深深埋进一丛花里面，像一只贪婪的蜂。他很快抬起头，响亮地打了个喷嚏，说，哎呀，不能深吸，这香味太像烈酒了，受不了了。

我大笑。很喜欢这个时候的他。

我只能淡淡地浅嗅一下——结香花的味道，委实太浓烈了。它的手感也好，摸上去又细腻又柔软，太像质地精良的绒布了。

花的模样也可圈可点，远观，一团一团的金黄，如在金水里打过滚儿，耀眼夺目。近瞅，吓一跳，一朵大花上，竟缀着无数朵小花，跟些小酒盅似的。我去数，一朵上，竟数出六十三个"小酒盅"。这么多的"小酒盅"里，都盛着香，如何不醉人？

我挺高兴有人为它驻足的。我静等着人好奇地发问，这是什么花？我便忙忙答，这是结香呀，"打结"的"结"，"香味"的"香"。这么说了还意犹未尽，我又进一步解释，它的枝条很柔软，可打结许愿的。你看，我边说边示范，拉过它的一根枝条来，松松垮垮绾上一个结，瞧，就是这样的。我很愿意替它这么宣传。

人听得又惊又喜，他们看结香的眼光如同恋爱。这偶遇的快乐，将成为他们平淡生活里跳动的浪花吧。

六棵桃树

嫁接好的桃树，一棵，一棵，又一棵，站在屋旁的一块菜地里，像待售的幼崽。苗木的主人——一个中年男人信誓旦旦地说，我嫁接的果树，没有一棵不结果子的，全都是又大又甜的果子。

我信他，因为他眉宇间的憨厚和朴素。他种地为生，闲时培育一些果树卖，为人口碑不错，在附近几个村子里很有名。我回我妈家，看到屋后有块极大的空地，动了要栽上几棵桃树的心思。邻人知道，热心指点我，你到某村找谁谁谁，他家有嫁接好了的桃树，好得很。

他卖的桃树苗也不贵，一棵十块钱，随便我挑。

我高高兴兴地挑了六棵，在我妈的屋后栽上。那儿傍河，河边还有柳树，还有燕子和小麻雀，不远处的油菜花也已经开始开了。我的思绪里荡过一片绯红，六棵桃树灼灼其华的样子，仿佛就在眼前了。

我给它们分别起了名字，按个子大小，叫"一桃""二桃""三桃"……一直叫到"六桃"。我跟我妈说，妈，瞧你多了六个女儿了，你得帮我好好照顾它们。

这几年，我爸近乎瘫痪，我妈一个人门里门外照应着，着实辛苦，她少有开颜的时候。听了我的话，她的脸上终于露出了笑容，绯红的，恰如桃花映在脸上。她看着六棵桃树，目光温柔，闪着希冀的光。她说，明年你们回家来，家里的桃子，肯定多得吃不掉了。

月下的油菜花

四月的一个夜晚,我投宿扬州江都。同行者有我家那人、诗人吴,以及他的夫人。

等我们在酒店放下行李收拾妥当,已是晚上八九点了。我见天上的月亮好得很,圆圆的一轮,明晃晃的,晃得人心旌摇荡,遂提议,看会儿月亮去?得到一致同意。

几个人出了酒店,才走不远,意外发现酒店旁边,竟是一块油菜花地。众人皆大喜过望,直扑过去。

花开正当时,一片浩荡的黄。天上的月亮,也被染成一个黄月亮了。我们钻进油菜花丛中,油菜花的气息,满满地淹没了我们,感觉胸腔里,仿佛流淌着一条金色的河流,金色的鳞片熠熠闪耀,映得我们血管里的血,也成金色的闪亮的。每个人的身上,也都披上一件月光和油菜花织染的袍子,朦朦胧胧,神奇得不像话。

我们一时都没有什么话要说,只静静站着。一片片油菜花,像是一匹匹黄色烈马,四蹄扬起,黄沙漫漫。我们的耳边,响着马蹄声声。夜却是格外静了,世界沦陷在一片温柔的热烈里。

诗人是不能看到这种景象的。我扭头看向诗人吴,他正伸手抹眼睛。唉,太美了,叫人吃不消了。他叹息。

千朵万朵的油菜花似乎跟着叹息,唉,太美了。

一个世界,也跟着这样叹息。我们沦陷在巨大的美的忧伤中。

后来我每每想起那晚月下的油菜花,总要惊心动魄一回,为那样的美。继而,对这个人世间,又无比留恋起来。

薄 荷

初夏，我入手了几盆食用薄荷。

水养的。盆上有两根棉线系下，到盆里汲水。薄荷的根系跟着慢慢探入水中，一日一日，竟盘成鸟巢一样的一团，安居在水中。上面薄荷的茎叶翠绿清明，如果由着它长，它会出乎你意料地，长出妖娆之姿——茎有藤蔓之质，率性而为，曲曲弯弯，而翠绿的叶子上，自带纹理。清风徐来，翩翩起舞，煞是可爱。

它的味道也实在是好，形容不出的好。我把它搁在窗口，一阵风来，满满薄荷的清凉，弥漫了整个屋子。我称这风为"薄荷风"。

吹着薄荷风，实在忍不住馋，就掐下冒尖的几枚叶子，扔在正喝着的白开水里，一杯普普通通的白开水，立马有了雅致的成分，又养眼又养心。喝到嘴里，更是养舌养喉。

冰粉里也丢下几枚，冰粉的滋味就变得更可口了。用小勺挖一勺冰粉入口，若有似无的薄荷清凉，满嘴乱窜，你会油然生起一股爱的情绪，哦，太爱太爱这个夏天了！

薄荷不怕采摘，你越采摘，它长得越旺盛。掐去头的薄荷，很快又会冒出新的茎叶来。它不断地冒，你不断地掐，一整个夏天，你都有薄荷可吃。

吊兰和兰花

　　一张银色的"吊床",搭在我的吊兰和兰花之间。制作出这张"吊床"的主人——蜘蛛,已不知所终。它是位蜘蛛小姐,还是位蜘蛛先生呢?不知。它在我完全不知情的情况下,送我这份大礼,让我意外且惊喜。

　　我的吊兰生长旺盛。我的兰花生长得也旺盛。它们本是互不相干,各长各的叶,各开各的花。蜘蛛见了,私下里觉得可惜,两个美好的事物,不应该这么冷漠呀。于是,它跑来,热心地给它们牵线搭桥,一张银色的"吊床",成功地把吊兰和兰花的家连接起来了。

　　阳光从窗户外飘进来,在蜘蛛网上铺上薄软的一层。蜘蛛网看上去更像一张漂亮的吊床了。兰花在上面躺躺。吊兰在上面躺躺。它们有时候会并排躺着说说悄悄话的吧?这是个秘密,蜘蛛是知道的。它开开心心地,又跑到别处去,充当"红娘"或"和平大使"了。万物理应相亲相爱,这才是世界本来的样子。

花开在野

> 花草们的世界里，没有谁比谁更高贵，也没有谁比谁更卑微。

我很喜欢到野外去，走着走着，就与花草们相遇了。

我很喜欢那种相遇的感觉，我看着它们，它们也看着我，如同初初相见，满满都是激动的喜悦。

花草们的相处模式，真叫我羡慕。泽漆可以跑到毛茛家里做客。宝盖草会跟蒲公英挤在一张床上。桔梗和野牵牛勾肩搭背，亲密无间。野豌豆罩着阿拉伯婆婆纳——它那么纤细，竟也有着侠义心肠。桃花在桃树枝上开着，油菜花在桃树底下开着，茅草在河岸边扎根，旋覆花跑过来撒欢儿。

花草们的世界里，没有谁比谁更高贵，也没有谁比谁更卑微。生而平等——人类为此奋斗了几千年，至今还在奋斗着，花草们却轻易就做到了。

我很容易就被一朵花俘虏。比如，一朵紫花地丁。比如，一朵蒲儿根。比如，一朵鸢萝或芍药。它们怎么会那么美，美得像一朵被霞光映照着的云。美得像太阳，像月亮，像星星，像一串蹦跳的音符。

我从不敢轻视任何一朵花，它们各有各的本事。"泉瀑涓涓净，山花霭霭飞"，花也是有翅膀的哎，否则，怎么会跑到那深山幽谷里去？怎么会飞上悬崖峭壁？在峭壁的石缝里，它也能活得怡然自得，一派天真。

一片建筑物的废墟上，冒出了无数的野芫荽，淡紫色的小花，盘在一起，盘成一只只精致的花碟子，装得下清风，装得下春雨，装得下日月星辰，装得下任何目光的审视。我端详着那些花，惊叹着生命的神奇和美妙。此生所遇到的人和事，并不比一朵花教会我的更多。一朵花，它隐藏在大地腹部，隐藏在某颗种子里，经历了怎样的黑暗和等待，才拥有这样的颜色、气味和姿态？一朵花的盛开，就像一个传说。

有时，一想到我竟与一朵花相处了一整个下午，它慷慨招待我以好颜色好味道，我就万分感激。我会想到一些美好的事情，云朵安详，清风温柔，从前人的笑脸，似乎到了眼前。我重新捡拾起生命里的天真、喜悦和粲然，人间值得。

生命的厚度

生命的厚度,原不在于长短,而在于是不是实实在在灿烂过一回。

听说鸡鸣寺的樱花开了。

自然要去看一看。

上午没安排讲座,我和那人便溜了去。的士司机替我们庆幸,你们来得真巧,再过两天,那花就要谢了。

真的呀!回应他一声惊喜。这惊喜是发自内心的。看花本就是件高兴事,这又添一份高兴,因为这个"真巧"。

到了。远远就望见一树一树的粉,像下着粉的雪。鸡鸣寺畔,一条道的两侧,全是。密密匝匝。

我一时呼吸不畅了,樱花那么多!想起苏曼殊笔下的樱花:"芒鞋破钵无人识,踏过樱花第几桥。"命运多波转,人世几番轮回,你不识我,我不识你,都在那樱花几重的开开落落之中了。

清少纳言评樱花,说,樱花花瓣大,叶色浓,树枝细,开着花很有意思。我以为,她的樱花,是带着贵族气的。我眼前的樱花,不见叶,只有花,花瓣也不大,是纤巧着的。树枝也不纤细,而是颇为壮实。细密的小花,从半空中,铺下来,像一群小丫头,结伴着去赶集。

樱花闹。

人比樱花更闹。那么多的人,掩映在樱花丛中,像游动的彩色的鱼。

有小孩子骑在父亲肩上,他的头,触碰到一枝樱花了。他咯咯笑,胖胖的小手,伸向樱花。我着迷地看着那双小手,它们比花瓣更柔软。还有他的小脸蛋儿,就是一朵小樱花。

多温柔!人就这样被花荡漾出柔情和爱意来,每个人脸上都有着温柔意。对春天,真是充满感激。

风吹,花瓣落。它的灿烂,也只有短短的一个星期。可是又如何?生命的厚度,原不在于长短,而在于是不是实实在在灿烂过一回。哪怕这样的灿烂,只是流星划过,那也留下闪亮的一笔,远好过碌碌无为的长命百岁。

春在溪头荠菜花

> 它在溪头,把春天一粒一粒收进囊中,再一粒一粒慢慢释放出来,那份细碎之美,无可替代。

我妈在屋门前摊了一地的绿蔬在晒。可能是晒得变了形,又因我眼神不太好,真没看清是啥。我爸说,荠菜啊。你妈种得太多了,有些来不及挑去卖就老了,开了花了,你妈就晒了留给家里的羊吃。你不晓得,羊特别喜欢吃它。

我扑哧乐了,我说羊当然喜欢吃它。人都爱吃,羊怎么会不喜欢?

我替羊感到幸福,它们现在这小日子过的,都吃荠菜当饱了!我小时能吃上一回荠菜,是要欢呼雀跃的呢。那会儿,荠菜是绝对的野菜,从来都是野生野长的。沟旁的草窝里,它在。河畔的茅草丛中,它在。胡桑地里,它在。麦田里,它趴在地上,和麦子靠在一起取暖,得眼尖的孩子才会发现它。早春二月,别的草们还在做着冬梦呢，荠菜已萋萋。我们提着篮子到地里去寻它，那真是初春的一大景致呀，我们穿着红棉袄、蓝棉裤，好像花儿开在地里面。每回寻到一篮半篮荠菜，心里会乐得直冒泡泡。回家去，就有荠菜丸子吃了，就有荠菜烧豆腐尝了，就有荠菜羹喝了。讲究一些的人家，还会用它做馅儿包春卷，春天的好滋味，都在那一卷之中了。

荠菜一旦开花，立马失去它的价值，也没谁再为遇见它而心神激荡了。麦地里发现开了花的荠菜，是要当作野草清除掉的。沟旁的、河边的，碍不着庄稼的那一些，也就任它们在那里开着花。那些细碎的小花儿，很像白白的米粉散落。单棵看去，并不显目，但若群居在一起，就很有些规模了。其时，菜花正燃烧着，麦苗正拔节着，它在菜花的鹅黄和麦苗的青绿反衬下，白如斋雪。

早在《诗经》年代，人们就知荠菜好吃，"谁谓荼苦，其甘如荠"，他们如是说。人生好滋味，"甘"是排在第一位的。他们用"甘"字来说荠菜，可见得是把荠菜当无上美味的。后来的人们延续着这种喜欢，甚至渐渐流传出"三月三，荠菜当灵丹"之说，把美食的价值，提升到药用价值上去了。食疗是一种最为甜蜜幸福的疗养方法，又食得美味，同时又能把身子调理好了，谁不愿意呢？史上不乏有为荠菜狂的文人佳话传下来，譬如苏东坡，春天的阡陌上一出现荠菜的影子，他就返老还童了，"时绕麦田求野荠"。譬如陆游，"日日思归饱蕨薇，春来荠美忽忘归"，荠菜之美味，让他在春天里掉了魂了。

我颇羡慕那时候人的情怀，那是真的精细与浪漫。那时有节日叫"上巳日"，也就是三月三。这天，男男女女老老少少，都要出门踏青赏春，青年男女常借此互掷野花示爱，荠菜花成了其中使用频率最高的花。发展到宋朝时，男男女女头上皆时兴戴荠菜花了，"三春戴荠花，桃李羞繁华"，这怕是荠菜自己都没想到的事，它怎么就把桃李给比下去了呢？人们还采了荠菜花回家，搁在灯架上，防蚊虫飞蛾。李时珍称荠菜为"护生草"，自那以后，荠菜更是受到人们的追捧。只是那么多年，人们为什么一直没有对它进行驯化，把它变成家常的菜蔬呢？这恐怕得用"情怀"二字才能解释，人们情愿护住它的野性，以便在春天，借着寻它的由头，走进大自然里，做一回天真的自己。

  这个春天，我到城外去看油菜花，邂逅到无数的野荠菜，它们站在小河边田埂旁，挺着顽长的身子，摇着雪粉儿似的花，在风中频频点头。这景象多像八九百年前辛弃疾眼中的啊，他走在广漠的野外，溪水边一捧捧荠菜花，盛开如雪，他由衷发出一声叹，"春在溪头荠菜花"。这一句直白的赞叹，胜过千言万语。你也可以换成别的花在溪头，比如油菜花，比如野菊花，可是都没有这荠菜花当主角来得动人。它在溪头，把春天一粒一粒收进囊中，再一粒一粒慢慢释放出来，那份细碎之美，无可替代。

数枝红蓼醉清秋

我们观花,也是在观照我们自己的人生。

小时也是见多了红蓼的。

当然,那时不知它有这么个好听的名字。吾乡人是怎么称呼它的,我实在回忆不起来了,大约是唤它"野花"的吧。那时,谁站在野地里唤一声"野花",怕是有千朵百朵花来应的。天高地阔,那些花们就那么野生野长着,染遍颜色无人管,挺自由的。

印象中,红蓼总是与杂草混在一起,爱在低洼处扎堆儿。它初初生长的样子,跟棵野麻差不多。夏秋时节开花了,一穗穗,低垂着脑袋,虽也有好颜色助力,却被杂草遮掩掉不少,显得凌乱、不修边幅。我们也只是草草望一眼,知道那里有花开了,从不曾想着去亲近。比它扎眼的野花多着呢,比如马兰头,紫雾弥漫着一般,路旁、溪边都有,随便就能采上一大把。

一些年后,我在《诗经》里遇见它,就很惊奇了,从前的人,居然那么欣赏它，欣赏得近乎崇拜，他们给它取名——"游龙"：

> 山有乔松，隰有游龙。不见子充，乃见狡童。

山上长着高大的松树，洼地里开着红蓼花，这景象是姑娘用作约会的背景的。约会的结局似乎并不令姑娘满意，该来的人没有来，不该来的人来了。一旁的红蓼却不动声色，继续开着它的花，放纵疏阔，好似游动的蛟龙一般。

老子说："天地不仁，以万物为刍狗。"这"不仁"里，自然也包括了树木花草，包括了这"游龙"一般的红蓼花。树木花草最是无情，也最是有情，它们对谁都一视同仁，不偏不倚，叶落花开，都是深情厚谊。那颗受伤的心，红蓼可治愈的吧？当那个约会失败的姑娘，看着满地的红蓼花开，心情慢慢也就好了。

在我常去散步的西园，湖边多红蓼，我得以细细观赏它，看久了，渐渐看出它独特的美来。它开花的样子很斯文，一朵一朵，慢慢来。那些花，细细小小的，如炸开的米粒般，有淡紫的，有玫红的。它一颗一颗，细数着这些"小米粒"，把它们聚集成一穗。每一穗都有一个纤长的花柄，花穗便常做低头状，平添了几分婉约。像嵌着些淡紫珠子或玫红珠子的宝钿，在风中轻轻摇着、摇着，直接上得了美人头。连带着一旁的水，也有了别样的动人。白居易写"秋波红蓼水，夕照青芜岸"，他是真正读懂了红蓼之美的一个人。那样一个寻常的黄昏，因了一丛红蓼花，就明艳宛转起来。水也不是寻常的水了，是红蓼水。风也不是寻常的风了吧，该是红蓼风的。

红蓼的花始放于初夏，浓盛于仲秋。故它身上，染着强烈的秋天色彩。这色彩里，有离别，有寥落，也有众声喧哗逐渐隐退后的恬淡。它的世界，因此变得异常丰富，住得下所有悲欢离合。"河堤往往人相送，一曲晴川隔蓼花"，它见证着一个一个的别离；"犹念悲秋更分赐，夹溪红蓼映风蒲"，它接纳着如水漫过的失落和悲伤；"翩翩水鸟自沉浮，红蓼黄芦两岸秋"，它在犬吠声声中，迎回唱晚的渔舟。我们观花，也是在观照我们自己的人生。

秋天，我去江南的一些古镇走了走。江南的古镇看上去都差不多，水多，桥多，老巷道多，从前的故事也多。这些，自然是好的。但最终，牵住我目光的，却是锦溪水边的一丛红蓼。我在对岸，看着那玫红的一枝枝花穗，弯向水面，像极了浣衣的女子。它的背后，是一堵斑驳的粉墙。风徐徐吹着，水面上不时泛起玫红的细波。一时间，我竟有些走神儿了。我想起爱花的陆游，一生追赏过无数的名花，到最后，迷恋的，却是水边那数枝红蓼的疏朗开阔，晚景的冷清里，被抹上一抹鲜亮，他欣慰地写道："老作渔翁犹喜事，数枝红蓼醉清秋。"我这一路几百里地奔来，原是为了这数枝"醉清秋"啊。

一枝疏影待人来

> 一生的好年华,原也经不起等的,风一吹,就要谢了呀。

一枝疏影待人来,是写梅的,寒梅。

寒冬的天,下过一场雪了吧?应该是。

雪映梅花。梅花照雪。两两相望,都是直往心里去了的。

视觉与味觉在纠缠。白,再也白不过雪。香,再也香不过寒梅。

雪没有什么人要等。

它是无拘无束自由身,想飘到哪里,就飘到哪里;想在哪里落脚,就在哪里落脚。它有本事在一夕之间,让整个世界彻底变了模样,银装素裹,别无杂色,只剩它一统天下。——雪是很有能耐闹腾的。

寒梅却静,天性使然。说它是谦谦君子,又不太像,它讷于言,也不敏于行。

作为一棵树，寒梅是早已认命了的吧。被人栽在哪里，哪里就是它的一生之所，它再也挪动不了一步。——除非它是南美洲的卷柏。

卷柏是会追着水走的。当卷柏在一个地方待得不耐烦了，觉得土壤再不能给它提供好吃好喝的了，它会拔脚就走。让身体蜷缩成一个圆球，滚呀滚呀，直到滚到它满意的地方为止。卷柏有点儿泼皮无赖的样子，你待它再好，它也能一刀斩断情缘，不留恋，不叹息，连稍许的回头，也没有的。

寒梅做不到。寒梅传统得近乎固执，它独守着它的家园，直到老死，直到化成灰，也不会更改一点点。

寒梅心里能做的梦，也只是，在最好的年华，等着你来与它相遇。

它只能等。它的生，就是为了等。

百花肃杀之后，它登场。这是寒梅的小聪慧，要不然又能怎样呢？百花之中，它算不得出色的。貌相实在平淡，牡丹、芍药、荷花和秋菊，哪个都比它张扬。即便是香到骨子里了，也还有桂花呢，还有茉莉呢，还有栀子呢。

天寒地冻里，百花让位，它才是独香一枝，貌压群芳。

这该积蓄多大的勇气啊！为了博你流连，它拼上它的全部了。你惊讶于它的顽强，用冰清玉洁等词来赞美它，你却看不到，它的心也冷成一团的呀。寒气刀子似的，割着它的每一丝肌肤，它竭力装作若无其事，端出一脸的好模样，笑着。开呀，开呀，把心也全给打开来。

且香，且媚。且媚，且香。一生的好年华，原也经不起等的，风一吹，就要谢了呀。

心里真急，亲爱的，你来，你快来呀，你怎么还不来！

世界那么辽阔。花香那么寂静。是深宫女子，待宠幸。

有人说，凡尘里最大的不幸，是相遇之后被辜负。寒梅却说，不，不，是没有相遇就被遗忘。连梦，也做不得。连回忆，也没有一点点。这才叫残忍。

淡的月光，给它描上象牙白的影。它是二八俏佳人。它等，它等呀等，等你来。有时会等到，有时等不到。生命原本就是一场寂然，这也是没办法的事。

然，可不可以这样理解，它在等你的时候，你其实早已在寻它。溯游从之，宛在水中央。——你不过走慢了那么一小步，它在它的生命里，已完成了最美的绽放。你眼睁睁错过了，是怎生的后悔莫及，你不想辜负的呀，不想，不想呀。

就像小时，你盼娶新娘，有热闹可看，有喜糖可吃，是那样的喜洋洋，世上的好，仿佛都聚在那一时、那一刻了。偏偏你们那里的风俗，娶新娘都在夜里进行。你等了又等，最后实在困得不行，你上床了。临睡前，再三跟大人说，到时记得叫醒我啊。

一觉醒来，天已大亮，人家的热闹早过，门前一地的鞭炮红屑屑。新娘子的红盖头早掀过了，新娘子亦已换上家常的衣裳，客走人散。你跺脚大哭，哭得委屈死了。他们不等你，他们竟然自己就热闹过了，你为此遗憾伤心了好些年。

一溪梨花一溪月

　　我们所谓的人生,就是由这些不起眼的细节穿起来的吧。

　　从前家里是长梨树的。

　　长了好多年。从我记事起,一直到我中学毕业,到我大学毕业,到我成家有孩子了。

　　两棵,在屋门口。一棵结瓢梨,一棵结苹果梨。

　　瓢梨果实大,渣子多,皮糙,我们不大喜欢吃。苹果梨光滑,皮脆肉嫩,水分足,又果实小巧,一咬一口甜。我们问过奶奶这个问题,留那棵瓢梨做什么呢,为什么不改种苹果梨呢?

　　我奶奶怎么答的,我忘了。似乎是答,万物的存在,都自有它的道理。

　　奶奶是个惜物之人。那瓢梨她摘下来,去皮,切片,和冰糖一起炖,好吃得很。还治多痰、咳嗽。我们又因此喜欢上那棵梨树了。

四月天,蜜蜂嗡嗡出来了,那么多。它们整日价的,缠绵在两棵梨树上。这个时候,桃花落了,梨花正当时。

梨花真白,白得耀眼,冰清玉洁。梨花一来,整个世界便都安静下来。桃花开的时候不是这样的。菜花开的时候不是这样的。桃花和菜花,都是热闹的、神采飞扬的。梨花却是静的,是不多言不多语的一个好女子,温婉都在骨子里。它们衬得几间平房是静的。屋顶上的茅草是静的。轻轻飘洒的阳光是静的。鸡鸣也是静的。鸟飞也是静的。连喜欢蹦跳的狗,也安静了许多。人对着梨花看着看着,睡意就上来了,好想抱着暖阳,软软地做个梦啊。

有日黄昏,我从外面玩耍归来,天上一枚月亮,已如水印子似的,印在头顶上。而夕阳,像颗饱满的红果子,正慢慢下坠。我看见我奶奶,倚着一树梨花在打盹。梨树底下,长着一些蚕豆,蚕豆花也开了,像一些亮晶晶的黑眼睛。她是给蚕豆们除草了吧。她可能除一会儿草,看一会儿梨花,看着看着,春困上来了。那一树梨花,映着奶奶的白发,叫我发怔。我叫,奶奶。奶奶一惊,醒过来。呀,怎么睡着了?她笑。

多年后,每当看到梨花白,我自然而然会忆起多年前的那个黄昏,头顶上是月亮,西边天上是夕阳,奶奶和梨花共白头。我们所谓的人生,就是由这些不起眼的细节穿起来的吧,因此具有了温度。

读过一首无名氏的诗:

> 旧山虽在不关身,且向长安过暮春。

一树梨花一溪月，不知今夜属何人？

也有人说，是"一溪梨花一溪月"。我比较认同。暮春之际，诗人触景生情了，他看到一树梨花，想起那年那夜那人，他们沿一条小溪，一起漫步，梨花在月下静静绽放。他和那人，眼睛往溪水里无意一瞥，看到一溪梨花，相拥着一溪月亮。那情那景，成了他记忆里温暖的一章，如我忆起老家屋前的梨花和奶奶。

老家的梨树，在我爷爷奶奶走后，也渐渐老去了。

一身诗意一年蓬

> 身边的喧闹遁去了,你如同置身于旷野之中,眼前只剩无尽的柔美和宁静。

一年蓬在草地上零零星星地开了,原本平淡无奇的草地,便开始诗意起来。这个时候,该配上布衣布裙的女子,提着篮子在草地上缓缓行的。

还该配上小调,七弦琴弹着,咿咿呀呀唱着。一年蓬是要配着小调开的。

这小调最好是一曲零露漙漙的《诗经》,或是一首情深义重的唐诗,或是一阕清丽温婉的宋词。

然《诗经》年代它不在这里。唐诗年代它不在这里。宋词年代它也不在这里。

那些年代,所有飞蓬家族的成员,还都生活在北美洲,一年蓬当然也不例外。一直到清朝末年,它才远涉重洋而来。它竟很快适应了这异乡的日子,很快地兴旺发达起来,不过百十年的时间,它已完全与这片土地融合在一起。倘你不追溯它的过往,是一点儿也不晓得它是外来的。就像我,长期以来,一直以为它是土生土长的呢。这也怨不得我,因为打我有记忆起,它就在这片土地上繁荣昌盛着。荒野中,森林里,沟旁塘边,处处都能遇到它。吾乡人跟唤马兰一样的,也唤它"野菊花"。

我很喜欢它,素淡静美的样子。特别是一丛丛长在一起,总让我无可抑制地联想到《诗经》年代的画面:蔓草萋萋,战乱不止,恩爱的夫妻被迫分离,他执戟执殳去往前线,她在家里思念成灾。小小的白花蓝花开满荒野,她无心欣赏,"自伯之东,首如飞蓬。岂无膏沐,谁适为容"。唉,他不在家,她连头发都懒得打理了,任由它们乱成一窝乱糟糟的"蓬草"。真希望她的人能早点回家,采一捧一年蓬一样的野花带给她,替她重新梳妆,使她重展欢颜。

它是最容易邂逅到的一种野花。野外山川河谷处,都可见到它的身影。家境不好,甚至算得上是清贫的,可却有一双巧手,把自己拾掇得清新明媚,虽是布衣荆钗,却掩不住通身的玲珑剔透之美。

它的花是<u>丝状的,一丝一丝</u>,素白的,也有淡蓝色的。花蕊是小颗粒状的,一粒一粒,缀在一起,淡黄色,底子上衬着一点儿浅绿。整张小脸蛋儿干干净净、素素淡淡的,别致清雅。植物学家们说,那花朵看上去是一朵,实际上是由无数朵组成的,<u>丝丝花瓣和粒粒花蕊都是些小花朵</u>。哎,我们还是不要这么复杂吧,我们看到的一朵,就是饱满欢实的一朵。直立的茎上,修长的叶子飘逸着,托出三五朵或是八九朵不等,也有多达一二十朵的,眉目楚楚着。很朴素的小家碧玉，叫人看着就心生欢愉。

近些年，小城的绿化带中，也有了专属于一年蓬的领地了，那是特地拨给它住的。它也不客气，既来之，则安之，勤勤恳恳地打理着它的新家，安安稳稳地过着它的小日子。二、三月出小苗，嫩绿的一片片，稚稚的可爱。四、五月开花，不疾不徐。花一直开一直开，能开到八、九月。无数朵素白的小花，缓缓舒展，迎风摇曳出无限的诗情画意。你路过，会不自觉地停下来看一看。这时候，身边的喧闹遁去了，你如同置身于旷野之中，眼前只剩无尽的柔美和宁静。

低调的苔藓

　　它就像块柔软的补丁,细心地缝补着这个世界的残缺和漏洞,赋予它们以生机,以希望,以美丽。

　　我被苔藓之美俘获,是在云南的罗平。

　　对苔藓,我打小就熟悉。小时在乡下,家家都住茅草屋,黄泥抹的墙的周围,多的是苔藓。屋檐的沟槽里,也爬满苔藓。屋后有条小河,河岸上下,是断断少不了苔藓的影子的。它们热情地去拥抱一截倒伏的树干,好心地去缝补我们扔在那里的一口破缸的豁口,又把我爷爷废弃的一根断头斧柄揽在怀里。下到水边有十多级台阶,上面铺着碎砖,苔藓就从那些碎砖的缝隙里冒出来,一撮一撮,黄黄绿绿。脚走在上面打滑,我们便用草木灰敷在上面,全然不顾惜它的好意。

　　几十年后,当我翻到王昌龄写的诗句"棕榈花满院,苔藓入闲房"时,我正置身于云南罗平的群山之中。我被"苔藓入闲房"

一句深深打动，反复默念，此等禅意满满的闲静时光，不就是我小时候的光景吗！那时，微雨湿湿，野花摇曳，苔藓侵阶。那时，我与美离得多近啊，却不自知。我羡慕那时的我了。

我到罗平，原是为看油菜花的。一进三月，罗平的油菜花就早早地敲起锣打起鼓，昼夜不休，震得满世界都是回响。群山为之大开门扉，春天蜂拥而出，让人强烈怀疑，春天是以罗平为圆点，向世界各地散发开去的，而油菜花，就是它们发射的信号弹。

这时的罗平，是铁定要狠狠热闹一阵子的。

四面八方的游客闻讯而至，到处是人影幢幢。不少人家腾出床铺，做起客栈生意。客人到了，如归家，吃住都方便。要吃荤菜，有他们自家养的鸡、自家捕的鱼；要吃素菜，地里现成的，现采现做。

我和那人落脚的客栈，就是一幢翻建过的民宅，室内并无过多装饰，然床铺干净，窗明几净。女主人三十来岁，有一口糯糯的小白牙，和一双大而清澈的眼睛。她推荐我们吃她家养的鸡。其时，鸡们三五一群，在菜花地里觅食。"你们瞧，都是地里散养着的呢。"她说。"其实我们这里的夏天也好，夏天凉爽，空调都不用开，来度假最好了。"她又说。我笑了，答应吃她家的鸡，又答应夏天会再来住两天。她听了很高兴，指着屋旁的一条小径告诉我们："从这里一直往山上走，可以爬到山顶看最美的落日，这个景点只有我们当地人知道。"

我们谢了她，在房间稍作休整，就上山了。小径一边傍着山，一边傍着油菜花，满地的油菜花开得热烘烘的，我们一入其中，便也被熏得热烘烘的，身体也似开花了。山上多松树。松林间有条曲折小道，如小蛇般蜿蜒上去，上面落满松针，厚厚的、滑溜溜的。看得出，这里少有人走动，一路之上，除了我们两个沙沙的脚步声外，几乎听不到别的声响。

  我们一步一滑地走了约莫一个时辰，眼前视野突然开阔，终于靠近山顶了。山顶上，一巨石横卧，做了天然的平台。要爬到那平台上去，须得穿过一个窄窄的山洞，越过一些嶙峋的石头。我做好攀爬的准备，就在这时，我意外看到脚下的岩石上，披着大幅的苔藓，水绿中，染着点点芥末黄，蓬蓬松松，活像巧手织出来的精美的斗篷。抬头看，身旁那些岩石上，也都披着同样精美的"斗篷"。粗糙的岩石因它的装点，散发出浓烈的艺术气息，古朴而优雅。我大惊失色，这是苔藓？它怎么可以这么美？美得简直叫人心慌气短了！

  我全然忘了上山的目的，彻底被眼前的苔藓勾了魂。"崎岖缘碧涧，苍翠践苔藓"，一千二百多年前的韦应物，在春天的一场雨后，行走于浔阳的山水中，路崎岖，道曲折，他乍见涧边石上的苔藓，也被惊了一惊的吧？眼前薄雾轻拂，石上的苔藓鲜明如茵，苍苍翠翠，直直苍翠到他的心底去了。

  也是在这时，我对苔藓才有了初步了解。苔藓属低等植物，随游动孢子而生，它没有种子，不会开花，亦结不出果实，家底简单到只有茎和叶，实在是卑微穷困极了。可它没有自怨自艾，而是安安静静完成着生命的嘱托——有一分热，就发一分光。它恰如一个苦行僧，默默修行，自度的同时，也在他度。隔绝人烟的深山老林里，它在；泥泞低洼的沼泽处，它在；孤独丑陋的岩石上，它在；人音稀落的老宅里，它在；乡间田垄、沟渠边，它在。

它就像块柔软的补丁,细心地缝补着这个世界的残缺和漏洞,赋予它们以生机,以希望,以美丽。

我冲苔藓弯下腰去,谦卑而虔诚。从此,我对大自然多了一份牵念,花开花落间,自有苔藓在默默生长。

采一把艾蒿回家

　　故乡隔得再远，有些味道，注定也是忘不掉的。

　　出城，去采艾蒿，带了儿子。城郊有一条小河，水已见底，里面长满艾蒿。

　　"彼采艾兮，一日不见，如三岁兮。"这是《诗经》里的艾蒿，是情深意长的牵念。其中的男人女人短别离，不过一日不见，竟如同隔了三年。爱，从来都是魂牵梦萦的一桩事。而我更感兴趣的是，那双采艾的手，如何落在艾蒿上。他（她）采了做什么用？遥远的风俗，让我忍不住要作种种臆想。

　　街上也有艾蒿卖，和芦苇叶一道。用稻草胡乱扎着，一束束，插在塑料桶里。这种植物，叶与茎的颜色雷同，淡绿中，泛白，泛灰。这样的色彩，不耀眼，很低调。是乡村女儿，淡淡妆，浅浅笑。闻起来微苦，一股中药味。村人们又把它叫作苦艾。它只在远远的乡村，也只在荒僻的沟渠里生长。

平时大抵少有人想到它，只在这个叫端午的日子里，它突然被记起。大人们会吩咐孩子：去，采几把苦艾回来。

那个时候，乡村的乐事里，采艾蒿，也算得上一乐吧。孩子们得了大人指令，如撒欢儿的小马驹，吵吵嚷嚷着，一路奔向那沟渠去。节日的喧闹，被我们吵嚷得四处流溢。很快，每人怀里，都有一大捧艾蒿。路上走着，一个个小人儿，身上都散发出一股中药的香味。门前的木盆里，煮好的芦苇叶，早已泡在清水中。眼睛瞟到，心里的欢乐，就要蹦出胸口来，知道要包粽子吃了。大人们这时若指使我们去做什么，我们都会脆脆地应一声，好。然后，跑得比兔子还快。至于插艾蒿，那完全不用大人们动手的，门上、柜子上、蚊帐里，到处都被我们插满了。一屋的艾蒿味，微苦。大人们说，避邪。我们虽对这风俗习惯一知半解，但知道，插上艾蒿，就代表过端午了。于是很欢喜。

朋友是湖北人，也是写作的，曾与我在一次笔会上相遇。后来，她去了美国。她的家乡，过端午也有插艾蒿的习俗，她也曾于小小年纪里，去采过艾蒿。端午前夕，我收到她发来的邮件，她说："国内这个时候，又该粽子飘香了吧。并不想粽子，美国一些华人超市里有卖。却想艾蒿，想坐在艾蒿里吃粽子的童年，温和的中药味，把人包裹得很结实很温暖。"这就对了，故乡隔得再远，有些味道，注定也是忘不掉的。我的儿子，他第一次认识了艾蒿，他觉得奇怪，他捧着一捧艾蒿问我，为什么过端午要插艾蒿呢？我这样回答他，这是祖上流传下来的风俗。——避邪呢，我补充。口气酷似当年我的母亲。想，若干年后，我儿子的记忆里，一定也有艾蒿，以及，带他采艾蒿的那个人。

在心上，铺一片沃土

你看你看，有时出身并不重要。重要的是，你将以什么样的姿势盛开。

菜　心

吃青菜，看到裹得紧紧的菜心。我突发奇想，留下菜心。手头有圆溜溜一只小红瓷瓶，里面原先插了一根绿萝。绿萝却越长越瘦，我把它移到土里去，瓶子便空了。我在里面种菜心。

餐桌上搁着。红配绿，是从前乡下朴实的女儿家，顶个红盖头，就做新嫁娘了，幸福洋溢在她的脸上，好看。我吃饭时，拿它"下饭"，寻常的饭菜，也吃得更有味了。

没事时，我爱端详它。它在生长。先是裹着菜心的小菜叶，慢慢儿地，变肥变大。过两天，那菜心里，抽出菜薹来。

它开始忙碌起来,像蜘蛛织网般的,在那菜薹上,绕着圈地镶珠儿,一刻不停。

它镶啊镶啊,一粒缀着一粒,密密的。起初不过芝麻粒大小,我须得凑近了,眯着眼,仔细瞅,方能看得清。——它的眼神儿真好使啊!它的手,也真是巧啊!

终于,菜薹上缀满了淡绿的小珠儿。我知道,那每一粒小珠儿里,都藏着一朵黄艳艳的欢喜。

"小珠儿"一个赛一个地比赛着长,跟吹着泡泡似的。我眼见着它们鼓起来、鼓起来,里面藏着的黄艳艳,就要淌出来了!它让自己凤冠霞帔起来。

夜里,在我睡着的时候,这棵菜心,已悄悄地、彻底地、欢天喜地地,盛开了。

早起的餐桌上,我有了一瓶的菜花黄。

菜花贱

那人对我说,菜花贱。

是因为多。是因为不择地。是因为它不会隐藏自己一点点。三四月的天,出门去,随便一搭眼,都能看到它的影。人家的花坛里,有那么几棵,也是开得轰轰烈烈的,丰腴得不得了。

它太把自己当主角了,让你有小小的不服,它怎么可以这么抢风头呢!

它还就是抢了。你认为它是平民小丫头,它却拿自己当公主。我看到一垃圾堆旁,也有一枝油菜花,风姿绰约地在开。

你若移步到郊外，那才见识到它的不可一世呢。人家的屋，被它拥着抱着。屋旁的路，也被它拥着抱着，一直蔓延到河边去了。河水里倒映着一地的黄，黄透了。天空也被染黄了呀。河里的鱼和水草，也被染黄了呀。你整个的人，也被染黄了呀。

美。真美。太美了。美得一塌糊涂。——你在它的丰腴里沦陷，实在找不出多余的词来形容它，你也只能重三倒四地这么说。

贱命如它，终于让你刮目相看。

你看你看，有时出身并不重要。重要的是，你将以什么样的姿势盛开。

还是向一棵油菜花学习吧，只管走着自己的路，在心上，铺一片沃土，盛开出属于自己的丰饶来。

第二辑

花花世界里的人

母亲的炊烟

炊烟是村庄的呼吸和心跳,是村庄的温度。

麦收过后,母亲又着人在屋前垒了一个大大的麦秸垛子。母亲很满意有这样的柴火垛子在,它在,她的日子才有了四平八稳。

母亲仍保留着烧土灶的习惯。我们给她安装了煤气灶,但她从来不用。"哪有柴火烧出的饭菜好吃?"八十岁的母亲,往灶膛里塞把柴火,抬起头笑着说。灶膛里的火苗,轰的一下跳跃起来,活泼欢腾,映红了母亲的一张脸,母亲脸上的皱纹都不见了,母亲变得年轻了。

锅里的饭菜嗞嗞作响,冒着热热的香气。一捧捧炊烟,争先恐后地从烟囱里蹿了出去,在半空中缭绕成诗,成画。我跑去屋角看炊烟。我的村庄越来越萧条了,这样的炊烟越来越少见了,它只属于母亲了,是母亲的炊烟。我看着它形只影单,一步三回首地独自迈向寥寥的苍茫去,情绪变得复杂起来。

记忆里的炊烟不是这样的,那是一场一场的狂欢。一到饭时,家家的烟囱里都冒出炊烟,你家的,我家的,他家的,你追我赶的,簇拥着,一径往那高空里去,袅袅复袅袅。最后,化成了天上的云朵和星星。

村庄里的每一个孩子,打小就熟悉并热爱着炊烟,他们能读懂炊烟的每一个表情。炒菜时的炊烟是个急性子,成团成团地从烟囱里翻滚出来,好像有十万火急的事在等着它,它是要去指挥千军万马的,旌旗猎猎马蹄声声啊;熬粥时的炊烟是姿势优雅的,它慢悠悠,一缕一缕袅娜地飞上半空,它是要成仙去的。我们几个孩子在地里割猪草,一抬头看到村庄上空炊烟起,仿佛得到诏令似的,立即欢喜起来,回家吃饭去喽。有孩子眼尖,看到田芳家冒出的炊烟跟我们几家的都不同,她家的是肥阔的,前呼后拥的。那孩子对田芳说:"你家今天肯定烧肉了。"田芳眼睛也盯着她家的炊烟看,嘴里面说着怎么可能呢,人却一溜烟地跑回家去。后来证实,那天,她家的确吃肉了,盖因她舅舅突然上门来做客。

村子里有一养蜂的人家,夫妻两个正常在外放蜂,平时院门关得紧紧的,很少见到他们家烟囱里冒烟的。有一年他们回家来,才打开院门就吵了起来,吵着吵着竟扭打到一起,你死我活的,蜂箱摔了一院子。村人们去拉架,拉了好久才把两人分开,两人都吵嚷着,不过了,不过了。村人们私下里谈,他们怕是真的过不下去了吧?俄顷,却见他们家的烟囱里,冒出一缕缕炊烟,活泼着,欢腾着。他们后来没再出去放蜂,在炊烟里缠磨着,生了两个儿子。

炊烟是村庄的呼吸和心跳,是村庄的温度。哪一个村庄没有炊烟呢？你从一个村子走到另一个村子，也许你所遇到的房屋不同人不同，但是，屋顶上飘起的炊烟却是无比亲切的，每一粒里，也都能闻到麦子、水稻、黄豆、玉米、茅草和芦苇的清香。它们经过火的淬炼，成了一缕缕精魂，轻盈、飘逸，在风里吟唱着一首古老的生之歌谣，有时激昂，有时婉约，有时闲淡，有时忧伤。它总能让在外的游子热泪盈眶，风尘仆仆的思念，一下子被填得满满的。

斜晖脉脉，鸟雀们喧闹着归巢，母亲的炊烟渐渐没入暮色中，成了晚霞中的一分子，四下里一片寂静。母亲在屋里喊我吃饭，说饭菜都做好了。我答应一声，从半空中收回目光，心里面又是欢喜，又是空落落的，母亲的炊烟还能飘荡多久呢？

——哎，还是不要想了。至少这一刻，我还能循着母亲的一缕炊烟回家，我是幸运的。

秋色自此生暖

哪怕他已成漏风漏雨的小屋,也是我在这个世上,最温暖的归处。

白露到了。

喜欢"白露"这两个字的组合,白也是洁净,露也是洁净,两者一组合,特别特别干净,还极其水灵和安宁。

从今日起,大地开始隐匿些秘密了,群鸟养羞,都是往静里头去的。

秋色自此生暖,月亮慢慢清明。

节气里藏着的好,叫人如何享用得了?你还有什么不满足的呢?跟着季节走吧,如果你是一棵草,就做一棵草的事。如果你是一棵树,就做一棵树的事。各安天命,会活得比较愉快。

我跑到楼下去看,看有没有残留下来的白的露。

我去蜡梅树上看看,蜡梅的叶子开始落了,我知道,它们在为花苞苞腾窝儿呢；我去桂花树上看看，桂花的花芽芽已冒出，不知是不是心理因素作怪，我似乎闻到一阵一阵的桂花香了；我仰头望栾树，望得失笑起来。栾树每年都要疯上一个秋天的。真是疯子，开个花嘛，偏要插得满头都是，黄爽爽的，如旌旗招摇。然后结个果呢，也偏要敲锣打鼓红灯笼高悬，生怕别人不知道。好嘛，我乐得它如此疯狂，我的眼睛可有福了，天天看它演大戏。

紫薇和凌霄的全盛期过去了，花朵稀落，然又一轮的华丽登场，叶子们悄悄织染着耀眼的彩衣。

木芙蓉是白露天里最耀眼的花，只要一丝丝阳光，就能让它陶醉，一张俏脸由粉转红——草木比人的欲望少多了，只要那一点点光亮就好了。

修剪草坪的机子嘎嘎响啊响的，我听得欢喜不已。一夏疯长的草，都给理了个清清爽爽，空气中弥漫着厚厚的草香味。我猛吸几口，再猛吸几口，嗯，草香味是世界上最好闻的味道。

我爸这时给我打电话。每隔几天，我们都要通一番电话。有时我这边才拿起电话拨他的号，他那边也刚好在拨我的号，我们会同时惊喜地说，哎呀，我才想着给你打电话，你就打来了。

我的问话千篇一律：爸，你今日觉得怎么样啊？

他的回答很雷同：我今天蛮好啊，除了不能跑。

我的心会一沉，这是我无法解决的问题。他不能走路已成事实，不接受也得接受。我有种眼看着一支烛火，慢慢燃啊燃啊就要到尽头的感觉。疼，替代不了。衰老，替代不了。我只能多叫几声，爸。爸。爸。

我们聊家里的羊，聊地里的水稻，聊我妈在种荠菜之类的事情,也聊姐姐和弟弟的事情。我爸的世界,只剩下这些了。最后,他会这么收尾:乖乖,我和你妈都很好,你放心,你忙你的,不要记挂我。

一声"乖乖",催我泪下。但愿我能永远做我爸的"乖乖",哪怕他已成漏风漏雨的小屋,也是我在这个世上,最温暖的归处。

那一地的刨花

> 那味道真是好闻啊,有日月的味道,有风雨的味道,有喜鹊呢喃的味道,有梦想的味道,热火朝天,喜乐安康。

刨花是花吗?当然,它是木头开的花。

我熟悉那根木头。更确切地说,在木头还没有变成木头之前,在它还是一棵树的时候,我就熟悉它。

它是一棵刺槐树,长在我家的屋门前。早在我还未出生之时,它就扎根在那儿了。很粗,很高,还是小孩子的我,须得仰起头,才能看到搭在它上面的喜鹊窝。是的,它的枝丫间,总是托着一个大大的喜鹊窝,像只粗糙的小水缸,搞不清有多少喜鹊住在里面。只要在村子里看到喜鹊,我都认为,它是住在我家那棵刺槐树上的。有时,我也很想住到上面去。

我攀爬过一次,它身上尖锐的刺,毫不留情地划破了我的衣裳，在我的小腿和肚皮上留下了一道道红印子。但我成功地骑到它的头顶上，登高望远，挺神奇的，我似乎能看到远处的海和山峦，一个村庄，都匍匐在我的脚底下。可是不凑巧，突然刮过来一阵狂风，一场雷阵雨劈头盖脸砸下，我无法从树上下来，吓得抱紧树，哇哇大哭。那阵雨不过下了十来分钟，在我，好像有一个世纪那么长。事后，我被大人们一通嘲笑，看你下次还敢不敢爬树了！

我再没爬过它。虽然看到喜鹊仍站在它的枝头喳喳欢叫着。它的头顶上，还系着远方的海洋和山峦。四五月的时候，从它密密的绿叶间，蹿出一簇簇花来，又白又甜，我还是没有动过再爬它的心思。

它被放倒，是秋天的事。那天的天空特别湛蓝，云朵肥肥白白，好像棉花地里等着人去采摘的大团棉花。父亲约了邻家男人来帮忙，父亲给邻家男人递过去一支烟，他们在树底下抽起来，眼睛上上下下打量着树。

这是棵好树。邻家男人说。

嗯，可以给孩子们打张床，多余的木料还可以打几张板凳。父亲说。

我在一边听得眉开眼笑，真好真好，我们就要有新床睡了！

在那之前，我和我姐一直挤在盛粮的柜子上睡觉。我当时开心得都忘了关心一下住在上面的喜鹊。它们的窝被端了，它们将住到哪里去呢？

被放倒的刺槐树，很快变成了一根粗壮的木头，浸泡在我家屋后的小河里。我不时跑去看看，生怕它会被一群鱼拖走。冬天农闲了，它被捞上来，村子里手艺最好的戴木匠，也就被请进我家。木头很快被劈成一块一块的木料，戴木匠的刨子，开始在那些木料上，嚓嚓嚓地欢唱起来，刨花跟着一朵一朵地冒了出来，它们蹦着跳着，很快，在地上簇成一堆，糯白的，蓬蓬松松，散发着木头的清香。

祖母拿了畚箕来装。刨花引火最好了。祖母笑嘻嘻地说。家里难得地割了肉，招待戴木匠。刨花在锅膛里，迅速地被点燃，"轰"的一下，再"轰"的一下，开出一团一团红艳艳的火花。这令我觉得不可思议，刨花那糯白蓬松的身体里，居然藏着一团团火？锅里的油嗞嗞地响着，空气中，弥漫着诱人的肉香味。

我快乐地进进出出，一会儿跑去厨房，凑近锅膛，看刨花在火里面翻滚。一会儿跑去堂屋，看戴木匠埋首在木料上，一下一下推着他的刨子，一朵一朵糯白的刨花，就从刨子眼里冒出来，仿佛泉水从泉眼里冒出来，无穷无尽的样子。地上铺得厚厚的，戴木匠的腿脚没在刨花里，像驾着一朵朵祥云。那味道真是好闻啊，有日月的味道，有风雨的味道，有喜鹊呢喃的味道，有梦想的味道，热火朝天，喜乐安康。

这年冬天，我和我姐终于睡上了真正的床，簇新簇新的，散发出木头好闻的气息。我躺在上面，觉得自己是躺在一朵一朵的祥云上。

夏天是站在鸡蛋上头的

　　世上之事，有些根本不需要你明白。你能因此活出一份快乐，这就是最大的馈赠了。

　　夏天是站在什么上头的？毫无疑问，是站在鸡蛋上头的。——如果拿这个问题，问小时候的我，我肯定会脱口而出，说出这个答案。

　　夏天当然是站在鸡蛋上头的，故叫"立夏"。

　　一到这天，我奶奶就会小心翼翼地搬出她那个盛鸡蛋的篮子，数出五只鸡蛋来，一二三四五，一二三四五，她左数右数。我们兄妹四个，再加我一个小娘娘（只比我姐大两岁，也还是孩子），一人一只。

　　鸡蛋是搁在粥锅里煮的。我们不时跑去看看，粥熟了没。那急迫与快乐的心，是没办法形容的。好比成熟的蒲公英的绒球球，经风一吹，就漫天飞舞起来，忍不住啊忍不住。那时我的心，就差撑一把小伞，飞上天去。

寻常日子里，哪里有鸡蛋吃！家里的油盐酱醋，是要靠它换的。我们用的小刀橡皮铅笔，是要紧它换的。也只在家里来了客人，奶奶会在饭锅里蒸上一碗鸡蛋，却要紧着客人先吃。我们被教育着，人要有骨气，不馋，不争，不怒，不怨。我们一般是避开那碗蒸蛋，假装视而不见，埋头扒着白饭，吃完，很快走开。心里却是记挂着的，那碗蒸蛋，客人全吃下去了吗？

立夏也就成了一个快乐的驿站。它立在鸡蛋上头，等着我们奔过去。四野里一片青绿，麦穗子已灌浆了，粒粒有着青绿的饱满。我们各自寻了一块麦地，握着一只温热的鸡蛋，躲进去，慢慢品尝。

这是我老家的风俗，立夏时，家里的小孩子，必吃一只煮鸡蛋，且要躲到麦田里去吃。问过我奶奶为什么要这么做，我奶奶也说不明白。我也是到多年后，才明白，世上之事，有些根本不需要你明白。你能因此活出一份快乐，这就是最大的馈赠了。

今日立夏，我煮了两只鸡蛋，一只给那人吃，一只给我吃。且打电话给我的孩子，今日立夏，记得一定要吃一只煮鸡蛋啊。

花花世界里的人

> 这世上,你若种下善的因,定会结出善的果。

他是小镇上有名的老中医,我认识他的时候,他年纪已六十开外了。

他的家,稍稍有些偏僻,在一条巷子的深处。三间平房,很旧了,简陋着,却有个大大的院落。旁边住宅楼一幢接一幢竖起的时候,有人劝他搬家,他不肯,他是舍不得他的大院子。

大院子最大的好处是,可以让他尽情地种草养花。院子里除了一条小道供人走,其余的地方,均被他种上了花。这还不够,他还要把花搬进屋子里。客厅一张条桌上,摆满各色各样的花盆,甚至连吃饭的碗,都用来盛花了。他是花世界里的人。

也种一些奇奇怪怪的药草,清清淡淡的,开小小的白花或黄花。他把这些药草捣碎了,制成各种药丸,给上门求诊的人吃。他的药丸,效果十分显著,尤其针对小儿的腹泻和咳嗽,几乎是药到病除。

他在民间的名声,一传十,十传百,方圆百十里的地方,无人不知。他家的院门前,整天车马喧闹,人来人往。外乡人也赶了老远的路来,让他给看病。

他坐在簇簇的花中间,给人把脉,轻轻雅雅地说话。他在药方子上,写上瘦长瘦长的字。他一粒一粒数了药丸,包上,嘱咐着病人怎么吃。他的收费极低,都是一块钱两块钱的。有时,甚至不要钱。他说,乡下人不容易。病人到这时,病好似祛除掉大半了——他整个人都袭着花香,是那么地让人放心。

那时候,我在他所在的小镇工作。我的孩子小,三天两头生病,我便常常抱了孩子去敲他家的门。有时,半夜里,他被我从睡梦中叫醒,披一件衣,穿过一丛一丛的花,来开门。薄薄的月光飘着,远远望去,清瘦的老先生,很有种仙风道骨的样儿。

其实,不光我半夜里去"吵"过他,小镇上有孩子的人家,大多数半夜里都去"吵"过他。他总是毫无怨言,无比温和地给孩子看病。为了哄哭闹的孩子,他还特地买了不少孩子爱吃的糖果放家里,以至于孩子一到他家,就熟门熟路地去拉他家橱柜的门。孩子知道,那里面藏了许多好吃的。

我们过意不去,要多给他钱。他哪里肯收?他摸摸孩子的头,说,宝宝,你长大了,记得来看看爷爷就好了。

在他的照拂下,我的孩子,健康地成长起来。小镇上许多的孩子,都健康地成长起来。

我离开小镇,一别七八年,小镇上的人和事,渐渐远了。却常常不经意地想起他,清瘦的样子,温温和和的笑容,还有他那一院子的花。

前些日子，有小镇人来城里办事，我们遇见。我们站在街边一棵梧桐树下，聊小镇过往的人和事。我问起老先生。那人轻轻笑，说，他走了，走了已有两年多了。

那人说，他的葬礼浩大得不得了，四面八方的人，都赶去给他送葬。送他的花篮，多得院子里摆不下，都摆到院墙外去了，绵延了足足有半里路。

那人说，他有颗菩萨心，好人有好报的。

我微微笑起来，想老先生一生与花为伴，灵魂，当也变成一朵花了吧。这世上，你若种下善的因，定会结出善的果。

写给小豌豆

不要怀疑人生，永远不要，快乐地活着，最最重要。

这是我第三次梦见你了，小豌豆。

那么清晰。

你已能咿呀作语，脸蛋儿圆鼓鼓的，像只饱满欢实的石榴。像我。

你当然长得应该像我多一些。因为，你是我的女儿，我的小豌豆。

你叫——妈妈，全世界的花儿都在一刹那间开了。你在地板上爬，两只黑葡萄似的眼睛，让我想起春天池塘里的小蝌蚪。愉快的小蝌蚪呀！

我给你读我专门为你写的童话。你歪着小脑袋倾听的样子，像一只小小的袋鼠。

哎，我该叫你小豌豆呢，还是叫你小袋鼠？

我一直盼望有个女儿。像粒小豌豆。

我喜欢四月的田野，豌豆花开的样子，那引颈顾盼的神采，是小女儿才有的清秀和娇媚。

我要给你扎上红红的蝴蝶结，穿上碎花的蓬蓬裙，蹬上红靴子。我们一起去野地里采花，一起聆听虫子唱歌，一起在三月天里，牵着风筝飞。风筝有多高，你的笑声就有多高。多好啊！

我讲给你听，这大地上的温暖和甜蜜，麦子、玉米、大豆、棉花、水稻，它们都怀揣着很多有关大地的故事。

你是我的再版。然又不是，你是一个新的启航。

你有你的全新的一个世界。

我会教你念《诗经》、唐诗和宋词吧。

你该遗传了我的记忆力，能熟背我教你的东西。

我还会一笔一画教你写字，写春天的花朵、夏天的绿荫、秋天的果实、冬天的白雪。一个人的存在，如同四季轮转，各有各的风采。不要怀疑人生，永远不要，快乐地活着，最最重要。

我会送你去学古琴或古筝，我喜欢女孩子会一点儿乐器，不一定会什么。但我觉得，女孩子会点古琴或古筝，会更温婉些。当然，你要学吉他和打击乐器，我肯定也不会反对。只要你喜欢。

只要你喜欢，无论是文学的音乐的绘画的建筑的缝纫的，你就去做吧。任何一项你手底下的再创造，都是艺术。

我的小豌豆，我希望你热爱艺术，就像热爱生命一样。

多一个女儿，就多了一个闺密。

我们的喜好是多么雷同，我喜欢粉粉的东西，你也喜。我喜欢糯的食物，你也喜。我喜欢各色糕点，你也喜。我喜欢收集各种各样的小物件，你也喜。我喜欢花花草草，你也喜。

我们有着共同的秘密，藏着共同的欢喜，避开你爸和你哥哥，我们一起去吃冰激凌吧，吃个够。

我们一起逛街。一起挑美美的衣裳。你穿一件，我穿一件。

我们互换着角色，我对你撒娇，你对我撒娇。

小豌豆，我不要做你妈妈，我要做你的朋友，陪着你快乐地成长。

醒来，我很惆怅。我怎么会做这样的梦呢？

我的盼念，居然凝结成一个梦中的你。

小豌豆，祝福你在我的梦里，万寿无疆。

乡下的年

> 看得见的甜就在那里,不急,不急。

乡下的年,是极为隆重的。

从进入腊月起,人们便开始着手为年忙活。老人们搬出老皇历,坐在太阳下,眯缝着眼睛翻,哪天宜婚嫁,哪天祭神,哪天祭祖,一点儿不含糊。村庄变得既庄严又神秘。

蒸笼取出来了。井水里清洗,大太阳下一溜儿排开了暴晒。孩子们望着蒸笼,一遍一遍问,什么时候蒸馒头啊?什么时候做年糕啊?大人答,快了,快了。这等待的过程真叫熬人。看看天,那太阳怎么还不西沉,日子怎么还不翻过一页去!灰喜鹊站在光秃秃的树上,欢天喜地叫着。喜鹊也知道要过年吗?孩子们也仅仅这么想一想。那边的鞭炮在响,噼噼啪啪,噼噼啪啪,震得小麻雀们慌张地飞,眼前一片红在闪。娶新娘子呢。一溜烟跑过去。一路上,全是看热闹的人。

也终于盼到家里蒸馒头了。厨房里烟雾弥漫。门前早就摊开几张篾席,一蒸笼一蒸笼的馒头,晾在上面。孩子们跳着进进出出,敞开肚皮吃,直吃到馒头堵到嗓子眼。门前不时有人走过,一脸的笑嘻嘻。不管平日关系是亲是疏,这时候,定要被主家拖住,歇上一脚,尝一尝馒头的味道。他们站着亲密地说话,说说馒头发酵发得有多好,问问年货准备得怎么样了。空气变得又酥又软,对着它轻轻咬上一口,唇齿仿佛都是香的。

河里的鱼,开始往岸上取了。一河两岸围满观看的人。鱼在河里扑腾。鱼在渔网里扑腾。鱼在岸上扑腾,翻着白身子。人们的眼光,追着鱼转,心里跳动着热腾腾的欢喜。多大的鲲子啊,往年没见过这么大的呢,人们惊奇着。——往年真没见过吗?未必。可人们就是愿意相信,今年的,就是比去年的好。

河岸上撒满被渔网带上来的冰碴碴,太阳照着,钻石一样发着光。孩子们不怕冷,抓了冰碴碴玩,衣服鞋子,都是湿的。大人们这个时候最宽容了,顶多是呵斥两声,让回家换衣换鞋,却不打。腊月黄天的,不作兴打孩子,这是乡下的规矩。孩子们逢了赦,越发"无法无天"起来,偷了人家挂在屋檐下的年货——风干的鸡,去野地里用柴火烤了吃。被发现了,也还是得到宽容,过年嘛!过年就该让孩子们野野的。

家里的年货,一样一样备齐了,鸡鸭鱼肉、红枣汤圆,还有孩子们吃的糖和云片糕。糖和云片糕被大人们藏起来,不到年三十的晚上,是绝不会拿出来的。孩子们虽馋,倒也沉得住气,看得见的甜就在那里,不急,不急。

掸尘是年前必做的大事。大人孩子齐动手,家里家外,屋前屋后，悉数被打扫得干干净净。甚至连墙旮旯的瓶瓶罐罐也不放过，都被擦洗得锃亮锃亮的。

多干净啊。旧年的尘埃，不带走一点点。新年是簇新簇新的，孩子们在洁净的门上贴春联，穿花洋布，吃大肥肉。这是望得见的幸福。猪啊羊啊跟着一起过年，猪圈羊圈上贴上横批：六畜兴旺。

零碎的票子已备下了，那是给卖唱的人的。年三十一过，唱道情打竹板的就要上门来了。自编自谱的曲儿，一男一女，或是一个男人，倚着门唱：东来金，西来银，主家财宝满屋堆。声音闪着金属的光芒。到那时，年的气氛，达到高潮。

老　街

那里，熙来攘往，红尘滚滚，藏着我们最初的纯真和向往。

看到一帧老照片：黛瓦的屋顶上，日光倾斜。纹路纵横的木板门，半开半掩。纸糊的木格窗，在天光里静穆。悠长的青石板路，如一条小溪流，延伸至远方。这似曾相识的画面，让我的记忆，一下子跌进老街中。

老街离家二三十里地，小时候的感觉里，那是天地漫远路途遥迢的。我们兄妹几个，难得去上一趟，也只在过年时，大人们兴致来了，相约着去老街上看热闹。去看踩高跷呀，去看挑花担呀，去看打腰鼓呀，去看舞龙灯呀，一呼百应。连平日极其严肃的邻居家高老头，这时，也会背了双手，在路上滋味无限地走，脸上现出枣核般的笑意，看见我，会问，小丫头，你去不去老街看热闹?

当然去。我的心早就在雀跃,只等母亲一声令下:去吧。我们兄妹几个拔脚就跑。路总是比我们的身影长,仿佛没有尽头,人人却都是兴高采烈的,脚上走得生了水泡,也没人叫一声疼。

终于,老街近了。有好一刻,我们噤了声,站定,傻了般地呆呆看。老街看上去,多像刚揭盖的蒸笼啊,热气扑腾得厉害。彼时,日头已移到午后去,阳光细软,银粉似的,均匀地洒在那些古朴的房屋上、街道上,一切看上去,喜悦美好。我们好像坠入了万花筒,随意一扭转,就是一片斑斓。

热闹是要追着去看的,看挑花担的,看舞龙灯的,看演皮影戏的。人群里挤着钻着,笑在飞扬。街道两旁的小店里,各色糖果糕点喷着香。小人儿书的摊子前,围满了孩子,一分钱可借一本看。唉,那么多的好东西,哪里看得了哇。心里一边幸福着,一边叹息着。做糖人的,草把上插满亮晶晶的糖人,太阳的影子,披着琥珀衣,在里面晃,各路"英豪"来相会。真想全部拥有,口袋里的钱却决定了只能挑一样。反复比较,反复取舍,最后,挑上女将"穆桂英",她在一根竹签上,英姿飒爽。

我也一条巷道一条巷道地走,好奇地四处张望。白墙黛瓦,木板门对着木板门,里面笑语喧喧。剃头匠站在门口,和一个路过的老人打招呼。老虎灶前,三三两两的老街人,提着暖水瓶,一边闲话,一边等水开。还有一家照相馆,大大的玻璃橱窗里,摆着大幅的女孩照,黑发,明眸,深酒窝。经过的人,总要盯着看半天。大过年的,来照相的人很多,都是从乡下赶来老街看热闹的。镜头前,那些黝黑的脸庞,笑得拘谨而小心。照相的中年男人,面皮白,手指修长,他在黑色的机子后,对着那些黝黑的脸说:笑一个,笑一个。那些黝黑的脸越发紧张了,笑得又僵硬又欢喜,真是不知怎么办才好。我们一样一样看过去,时光在此打住,仿佛从很久的从前,这画面就是这样的,鲜活着,没有褪色一点点。

从老街返回,我们往往要走到夜黑。平时走夜路是顶怕的,那会儿,却一点儿不觉害怕。路上返家的人络绎不绝,笑语声前后相接,波浪连着波浪似的,汇成一条快乐的河。回到家,我们多半睡不着,热议着在老街上看到的种种。带回的糖人,多少天都舍不得吃掉,不时举手上,对着太阳照,太阳穿着琥珀的衣,在里头晃。我们便又有了下次向往,什么时候再去老街。这样的向往,让童年清瘦的日子,充满幸福的期待。

然后,我长大了,长大到可以去老街上的中学读书。我爱一个人在那些曲里拐弯的巷道里转悠。老街烟火日日,在门口择菜的妇人,丰满敦厚。一旁的炭炉上,煨着浓汤。脚下青石板的缝隙里,冒出点点青绿。也有花开其间,黄的,小得可怜,却拼命撑着一张笑脸。也有花探过身子,伸到巷道上空来,是开得好好的蔷薇,或是九重葛。青春年少,有着种种的自卑。我看着,发上一阵子呆,也不知想些什么,只是那么惊异着,又暗暗忧伤着。

教我们的语文老师,家住老街上。那个时候,他已年过六旬,却气质非凡,才识渊博。我是仰慕他的吧,下了晚课,一街寂静。我轻轻走过一口老井,走过一棵上百岁的银杏树,走过糕饼店,走过老虎灶,走到他家门口,伏在他家的木格子窗前,偷看他的书房。看他戴着老花眼镜,在灯下临摹字帖。或是,轻声朗读着什么。每一豆灯光,都是古朴的,芬芳的。我多想成为他,可以住在这样的老街上,可以住在这样的老房子里。

我也对老街上一个男生,心生过好感。他家做豆腐花卖。他母亲在雪白的豆腐花上,撒上点点葱花。五分钱一碗,我也是买不起的。他偶尔会帮衬母亲做事,总是笑着,又干净又美好。我跟他从未说过话,也仅仅是,隔着一段距离,望着他的背影,渐行渐远,在巷道的拐角处,消失。

后来,我考上了大学。再后来,我工作,成家,再也没去过老街了。

今年春天,几个写作的朋友约了去老街采风。老街早已面目全非。陪同我们的老街人,一边走一边介绍:这里,曾是一家糕饼店;那里,有烧水的老虎灶;这里,曾有一口井;那里,曾长着一棵银杏树,好几百年了。

我掉过头去,不让泪落。这里,那里,我都知道,都知道的。那个自卑的乡下女孩,她独自走过那些街道,在心里发着誓说,总有一天,她要生活在这里,在开满蔷薇花的院墙内。薄暮的黄昏,她要穿着高跟鞋,笃笃笃地走过青石板的巷道,去买上一碗豆腐花吃。

每个人的记忆里,都有这样一条老街吧。那里,熙来攘往,红尘滚滚,藏着我们最初的纯真和向往。江湖还年轻,而原有的那一拨人、那一拨事,早已老去。

孩子和秋风

> 孩子有本心。即便是肃杀的秋风,他们也给它镶上童话的金边,从中窥见生命的可亲和可爱。

我和几个孩子站在一片园子里,感受秋天的风。园子里长着几棵高大的梧桐树,我们的脚底下,铺一层厚厚的梧桐叶。叶枯黄,脚踩在上面,嘎吱嘎吱,脆响。风还在一个劲儿地刮,吹打着树上可怜的几片叶子,那上面,就快成光秃秃的了。

我给孩子们上写作课,让孩子们描摹这秋天的风。以为他们一定会说寒冷、残酷和荒凉之类的,结果却出乎我的意料。

一个孩子说,秋天的风,像把大剪刀,它剪呀剪的,就把树上的叶子全剪光了。

我赞许了这个比喻。有"二月春风似剪刀"之说,秋天的风,何尝不是一把剪刀呢?只不过,它剪出来的不是花红叶绿,而是败柳残荷。

剪完了，它让阳光来住，这个孩子突然接着说一句。他仰向我的小脸，被风吹着，像只通红的小苹果。我怔住，抬头看树，那上面，果真的，爬满阳光啊，每根枝条上都是。失与得，从来都是如此均衡，树在失去叶子的同时，却承接了满树的阳光。

一个孩子说，秋天的风，像个魔术师，它会变出好多好吃的，菱角呀，花生呀，苹果呀，葡萄呀。还有桂花，可以做桂花糕。我昨天吃了桂花糕，妈妈说，是风变出来的。

我笑了。小可爱，经你这么一说，秋天的风，还真是香的。我和孩子们一起嗅，似乎闻见了风的味道，像块蒸得热气腾腾的桂花糕。

一个孩子说，秋天的风，像个调皮的娃娃，它把树上的叶子，扯得东一片西一片，那是在跟大树闹着玩呢。

哦，原来如此。秋天的风一路呼啸而下，原是藏着笑的，它是活泼的、热闹的，是在逗着我们玩的。孩子们伸出小手，跟风相握，他们把童年的笑声，丢在风里。

走出园子，风继续在刮。院墙边一丛黄菊花，开得肆意流畅，一朵一朵，像新剥开的橘子瓣似的，瓣瓣舒展，颜色浓烈饱满。一个孩子跳过去，弯下腰嗅，突然快乐地冲我说，老师，我知道秋天的风还像什么了。

像什么呢？我微笑地看她。她的小脸蛋儿，真像一朵小菊花。

秋天的风，像一个小仙女，她走到菊花旁，轻轻吹一口气，菊花就开了。这个孩子被自己的想象激动着，脸上透出兴奋的红晕。

我简直感动了。可不是，秋天的风，多像一个小仙女啊！她走到田野边,轻轻吹一口气,满田的稻子就黄了。她走到果园边,轻轻吹一口气,满树的果实就熟了,橙黄橘绿。还有小红灯笼似的柿子。还有青中带红的大枣,和胖娃娃一样的石榴。她走到旷野边,轻轻吹一口气,一地的草便都睡去了,做着柔软的金黄的梦。小野花还在开着,星星点点,红的、白的、紫的,朵朵灿烂。在秋风里,在越来越高远澄清的天空下。

孩子有本心。即便是肃杀的秋风,他们也给它镶上童话的金边,从中窥见生命的可亲和可爱。

朵 朵

　　一只猫的快乐，简单透明，你学不来。

　　朵朵，男猫一只。我取的名，喻为花朵一样的。

　　某日，邻家女听闻我唤朵朵，她"扑哧"一声笑了，说，明明是只男猫，还叫花朵呢。

　　朵朵似乎听懂了，抗议地冲她喵喵。名字代表尊严，它极维护。大概它亦懂得我给它取这个名的寓意。花朵也有男女之分，像茉莉啊蔷薇啊当属女性，千娇百媚着。而菜花啊槐花啊当属男性，有铿锵之美。

　　朵朵本是只流浪猫，我在体育场跑步时，遇见它。其时，它又瘦又小。我的前面有人，我的后面有人，但它偏偏只跑向我，在我脚跟边缠绵。我的脑子里立即蹦出俩字：缘分！

　　带它回家的路上，它不叫不闹，极安静地让我抱着，不时拿两只溜圆的眼睛看看我。这份信任，让我更坚定了收养它的信念，尽管家里某人坚决反对，它还是在我家安营扎寨了。

本来最担心的事，是它的卫生。然朵朵是只极干净懂事的猫，它在家里一通搜索，最后，把目光锁定在几只花盆上。要方便它就跑过去，在花盆里挖一个小坑，方便完了，用小爪子把土原封不动盖上。大喜过望的是我，这下，省了给花施肥松土了。从没见开过的一盆茉莉，今年也开出喷香的几朵来。

家里没老鼠可捉，朵朵就捉虫子。偶尔飞过苍蝇蚊子，定难逃过它的小手掌。当然，更多的时候，它无所事事，就和花瓶里的花玩，或是和飘拂着的一角窗帘玩。一次，我看见它抱住一粒花生米，在客厅的地板上来回打滚儿，玩得不亦乐乎。一只猫的快乐，简单透明，你学不来。

朵朵爱吃鱼，可更爱吃肉。鱼和肉二者不可兼得，它一定会舍鱼而取肉也。不知哪一天，它知我书房里有牛肉干。每日入我书房讨吃，也不叫唤，只盘腿坐着，仰着小脑袋，天真无邪地望着我。我实在架不住它的纯情，掏出一粒牛肉干给它。它不贪，吃完就走，生怕惹你烦了。它是只懂分寸的猫。

它睡觉时，姿势诱人，有时环抱成球，头深深埋在腿臂间。有时身子扭着，肚子朝天。有时完全四仰八叉。什么样舒服它来什么样的，电闪雷鸣也撼它不动。偶尔逗它，捏它耳朵，揪它尾巴，它至多眯缝着眼看你一下，沉沉地又睡去。羡慕它，什么时候我们人类也能如它一样，睡觉时就一心一意睡，别无旁骛。

朵朵不像狗那么低声下气，它甚至是骄傲的。有时唤它，朵朵。它充耳不闻，照旧玩它的。过一会儿，它若无其事地跑过来。你生气，说，怎么叫你你也不睬呢？它仰着小脑袋，无辜地看着你，两只溜圆的大眼睛瞪着，仿佛在说，我是只有尊严的猫，我不是呼之即来挥之即去的小狗。

我们要去西藏，一去十多天，也不知怎么安置它，狠狠心，把它关到了院门外。想着它有流浪的经验，大不了重操旧业，重新杀回江湖，做只流浪的猫。

十多天后，我们归来。夜幕四垂，屋前寂静。我们掏钥匙开门，刚唏嘘地说一句，朵朵怕是真没了。它不知从哪里冒出来，扑向我们，绕着我们的脚跟连声叫唤，像受尽委屈的孩子。灯下看它，它瘦了，却也长大了。

一只猫的忠诚，让我们汗颜。这意外的重逢，使我们再舍不得对不住它。从此，它正式成为家庭一员，备受宠爱，不可或缺。

那十多天的生活，成了一个谜。有时，朵朵在一边安静地待着，目光深沉。我看着它，实在不知一只猫的小脑袋里，到底装有多少故事。

一 百

> 我们百分百地做好这一家店,就很圆满了。

我买烧饼,只去一家叫"一百"的烧饼店买。

小城烧饼店也多,几乎每条街道都有一两家。但唯有他们家,至今还是用炭炉烤着,跟几十年前的做法一模一样。每只烧饼出炉,都有炭火细细吻过的痕迹——金黄、酥软、喷香,趁热咬上一口,美妙的滋味,沿喉而下,直抵脏腑。

做烧饼的是一对夫妻,四十来岁的年纪。两人颇有夫妻相,一样的一张圆鼓鼓的脸,身材一样的壮实,性情一样的憨厚。他们见人一脸笑,"来啦?"这是他们问候每个人的问候语,好像每个顾客,都是他们家的老熟人。

每天凌晨四点半,夫妻两个同时起床,女人揪面团(面是头天晚上和好的,放那儿发酵了一夜),切面剂。男人一百负责生火,调拌馅料。烧饼好不好吃,除了要把握好炭火的节奏外,还取决于馅料的好坏。男人一百对他调拌的馅料相当自信，他说，我这可是祖传的配方，百分百的好吃，全城找不到第二家。

他这么说还真没有吹牛，吃过他家烧饼的人，无一不念念不忘，回味无穷。他也不像别家，弄出几十种口味，什么咸的、甜的、辣的、酸的……五花八门，反倒没了特色。他只拌一种馅儿，把它做到极致，所涉食材有葱花、生姜末、胡萝卜丝、水晶粉、芹菜、肉末。我曾研究过这馅料，也学着做，用它来包饺子，结果好吃是好吃，却吃不出他家烧饼里的那种特别滋味。改天告诉一百，他哈哈乐了，说，我这是独门配方哎。

对，他叫"一百"。这个名字总惹得好奇的人问东问西，人先是惊奇于他家的招牌，"呀，一百？这名字叫得好特别。为什么这么叫？"他似乎挺乐意别人这么问的，早就抬头等着回答了。"我们家这烧饼，太完美了，可以打一百分，所以叫'一百'啊。"他先是开玩笑。他这么说着话时，一旁的妻子手脚不停，继续麻利地做着烧饼，脸上，浮着笑意。

听的人还没回过神儿来，他已换成一本正经的口吻了："因为我的名字就叫'一百'，我开的店，自然就叫'一百'喽。"人起初不信，哪有人名字叫"一百"的？他就滔滔讲起，他父亲原也是个做烧饼的，他出生那天，父亲收摊回家，正好卖出一百个烧饼，接生婆喜滋滋向父亲报，生了个胖小子。父亲一乐，说，就叫"一百"吧。父亲后来告诉他，"一百"这个名字，代表一种圆满，父亲希望他的日子能一直圆圆满满。

好些年了，一百的烧饼都是两块钱一个。猪肉涨价了，面粉涨价了，别家的烧饼都跟着涨了，他们家依然是两块钱一个。"都是熟人，我们少赚点没啥关系的。"一百笑呵呵地说。每次去一百那里买烧饼，都要提前预约，否则，很难买到——买的人太多了。有人给一百出主意，一百呀，你们可以多招几个帮手，多开几家分店。夫妻俩一齐摇头，不要，不要，我们百分百地做好这一家店，就很圆满了。

让梦想拐个弯

执着是一种可贵的品质,然盲目执着,却是对生命的浪费和伤害。

J是我的高中同学。和我们一起念书那会儿,他因偶然撞见海子的那首《面朝大海,春暖花开》,而迷上诗歌,立志要成为一个诗人。他满脑子做着有关诗的梦,为此荒废了学业。

J后来没考上大学。有关他的消息,断断续续地在同学间流传。他外出打工了,他失业了。他结婚了,他离婚了。如此折腾,都是因为诗。他的眼里,除了诗,再也容不下别的。他待在十平方米的小房间里,靠他在纱厂做工的母亲养,几乎足不出户地写着诗。他写的诗稿,足足能装一麻袋,发表的却寥寥无几。有个老编辑,在毙掉他无数的诗稿后,终不忍,遂委婉地对他说,写诗这条路,对你而言,未必适合,你还年轻,可以去尝试别的路。

他没有顿悟。他相信精诚所至,金石为开,仍笔耕不辍,一路向前。多年后,同学聚会见到他,他身影孑然,潦倒不堪。彼时,他的母亲已过世。据说,他母亲过世时,眼睛是睁着的。对他,是一千个一万个放心不下。一口酒入口,呛出他满腔的泪,他终于不得不面对一个事实:这一辈子,他成不了诗人。他哽咽道,我的好年华,就那样白白溜走了,我还能做什么呢?

大家面面相觑,没有人能回答他。记忆里,他是聪明的,理科成绩曾一度辉煌过。他会吹笛子,会拉二胡,绘画也很有天赋。如果他在碰壁之后,选择另一条路走,或许他早就成就一番事业了……

我认识一个服装设计师,他设计的服装,因其款式别具一格,在圈内很有名。谁也想不到,他曾经的梦想,却是成为一名钢琴家。从小,他的父母不惜倾家荡产栽培他,给他买最昂贵的钢琴,给他请最好的音乐老师。他的童年,是交给钢琴的。他的少年,是交给钢琴的。他的青年,差点儿也全部交给钢琴。幡然醒悟是在一次音乐会后,台上钢家行云流水般的演奏风格,是他永远也无法企及的。他不顾父母的反对,毅然放弃了音乐,改行学习他颇感兴趣的服装设计,很快脱颖而出。

在他的工作室里,悬挂着一幅照片,那是他去云南旅游时拍的:悬崖上,一丛野杜鹃,满满地开着,落霞般的。高远的天空,裸露的岩石,艳红的花朵,生命如此安静,又如此强烈。

他的目光,落在那丛野杜鹃上,他说,野杜鹃一定也做过成为大树的梦,当那个梦想遥不可及时,它让自己落入尘土,努力地在悬崖上,盛开出属于它自己的绚烂。

执着是一种可贵的品质,然盲目执着,却是对生命的浪费和伤害。梦想很可爱，但也很现实。当梦想缥缈如天上的云彩时，任我们再踮起脚，也无法与它相握，这时，我们要学会认知自我，懂得放手，让梦想拐个弯。

放慢脚步

> 人生不用那么急着赶路,适当放慢脚步,才能更好地拥有。

高中同学 R,突然辞了职,放着百十万元的年薪不要,从繁华旖旎的大上海,跑到遥远偏僻的海边滩涂去,租下一块地,搭了窝棚,修篱种菊,做起隐士。

这个消息,让我们吃惊。当年,R 是我们一帮同学中最为出众的,整日里像张鼓满风的帆,猎猎飞扬。他有句口头禅:"时间不等人,再不努力,就晚了。"这句话常被老师拿来教育我们。

考大学时,R 毫无悬念地考上了重点大学。大学期间,他又因成绩优异,被保送读研。然后,出国读博。一路春风马蹄疾。

读博归来,向 R 敞开大门的大公司,有数十家。R 最后选择了上海的一家,他认为,只有像上海那样的大都市,才更利于他施展拳脚。他如鱼得水,在公司的地位扶摇直上,一直做到副总。

我们有事路过上海，R很热情地招待我们。他白皙儒雅，意气风发，完全一副成功人士模样。只是他很忙，和我们吃一顿饭的工夫，就接了几十个电话。我们打趣他："你真是个大忙人哪。"他歉意地笑："没办法，停不下来了。"有一回，他接了个电话，不得不中途撂下我们，说公司有急事，他得赶回去。他一阵风似的，走了。我们有些羡慕他，又有些同情他，总觉得他被什么绑架了，失了自由。

我们几个高中同学相约，找去海边滩涂，看望R。出现在我们眼前的R，让我们颇感意外，他变黑了，身体健壮，一件汗衫套着，跟当地的渔民别无二致。他正在搭一蓬黄瓜架子，说要种黄瓜。他身后的窝棚顶上，已爬满绿的藤蔓。他说，那是他种的丝瓜。几只鸡，在屋前的菜地里觅食。不远处，横亘着一条清澈的小河，河边野葵朵朵。小河过去是竹林。竹林过去是蓝天。看得我们心动，这真是块修身养性的好地方。

自酿的葡萄酒竟也是醉人的。R的脸微红着，告诉了我们一个秘密，三年前，一次例行体检中，医生宣判了他的"死刑"，肺癌，晚期。

接到宣判的那一刹那，他如五雷轰顶。他想他的一生，几乎都在疾走之中，沿途的风景，从没有欣赏过。"我不服啊！"R猛喝一大口葡萄酒，说。痛定思痛，他作了一个重要决定，临死之前，他要好好待自己，听凭心的喜欢，抛却俗世追逐，过几天真正属于自己的日子。

他来滩涂住下，种花种菜，安享自然。他过了一年。又过了一年。极意外的，他的身体竟朝着好的方向发展。再去医院检查，给他宣判过"死刑"的医生,直呼不可思议。R笑了,R真心实意说:"现在,我才真的体会到,人生不用那么急着赶路,适当放慢脚步,才能更好地拥有。"

饭后,R领我们去海堤上听风。"海堤上的风是很有意思的,有时像吹长笛,有时像吹短号。"R说。他轻轻坐下来,微微闭起眼睛。风吹起他额角的发,太阳光爬上他的脸,他安详得像一棵草。我们看着,都心有所动。人的一生中,到底什么才是最重要的?有时,不妨放慢你前行的脚步,让生命沐着自然的光泽,生命才不至于早早枯萎。

采采卷耳

> 这世上,从不缺聪明人,缺的是,一以贯之的热爱。

阿圆发来她的泥塑新作《采采卷耳》的视频,我甫一打开,就被震撼到了。

作品还原了《诗经》年代一个大型的劳动场面:广袤的野外,女人们挽篮提兜,在草地上采摘苓耳。她们服饰不一,神态各异,活活泼泼。她们一边采摘,一边相互调笑,长长的发丝,被春风撩起。她们战果不错,篮子里和兜里都快装满了。只有一个年轻的女人显得特别,她落在那群女人身后,紧挨在大路旁,潦草地绾着头发,眼望着大路的尽头,眉眼里结着深深的忧愁,采摘苓耳的手,停在半空中,脚跟边的篮子里,只有见底的几棵苓耳,——她显然是满怀心思、心不在焉的。"采采卷耳,不盈顷筐,嗟我怀人,置彼周行",我仿佛听到有歌谣响起,沾着四月的露水,清清冷冷的。原来,她在思念她远行在外、迟迟未归的男人。

整组作品生活气息浓郁，活灵活现，把人拽进那亘古荒野之中，和那群女人同悲欢，忘了面对的，本是一堆泥土。

阿圆生活在皖南的一个小镇。几年前，我路过小镇，偶然踏进她的工作间，见到她的一系列泥塑作品，当下惊叹不已。之前我在别的地方也见过不少泥塑作品，那些作品给我的感觉是，塑得真像啊。塑出只猫，就像只猫。塑出朵花，就像朵花。但总觉得还少了点什么，却一直想不出到底少了什么。直到我看到阿圆的作品，我一下子找到答案了。那些作品，少的是灵动的气息。

阿圆的作品多以乡村题材为主，这是她熟悉的领域。她从小在乡下长大，对乡村物事再清楚不过了，丢种子的、割麦子的、扬场的、犁田的……无一不灵动至极，好像你熟悉的乡亲迎面走了过来，你赶紧仰起脸，堆起笑，要跟他们打声招呼。

五十多岁的阿圆，有一双男人的手，大而有力。她在泥塑的路上已走了半辈子了，她的爷爷爱捏泥人，可惜爷爷死得早，过世那年她才八岁。她把爷爷的手艺接过来，乡村天地广阔，落在眼里的事物，她都能用泥巴让它们重又活过来。就这样，从小捏到大。嫁作人妇后，依然不改这一喜好，一得空闲，便四处寻找合适的泥巴，挖来堆在院子里，日夜鼓捣。丈夫认为她不务正业，跟她离了婚。

日子有过艰难，最困窘的时候，兜里只剩五毛钱，她没钱买菜，三顿都是咸菜配稀饭。有人劝她放下，随便找个工打打，也比整天玩泥巴强啊。可她没办法放下，一看到泥巴，两眼就发光。她问我，你信不信，泥巴也会说话？她告诉我，她有时抚摸着泥巴，就听到那些泥巴在叫，捏我呀，捏我呀，我就是那个扬场的李大伯啊,我就是那个挠痒痒的戴爹爹和戴奶奶呀。直到她真的把它们捏出来,才心安。

近年来,小镇上多了好些泥塑店,卖千篇一律的泥塑,都是机器成批量生产出来的。阿圆不跟风,她坚持纯手工制作,从制膜,到打膜,到描膜,到成品,一步不落,全靠一双手慢慢盘活。她在作品中掺入自己的生活经验,又不断读书钻研,为她的创作,添了一份厚重。她说,我要保证在我手底下诞生的每一件作品,都是独一无二的、有温度的。她的名气越来越响,有华人回国来,专程跑来她的工作间,高价购买她的泥塑作品。

为创作《采采卷耳》,阿圆熟读先秦历史,对古人的饮食、服饰、风土人情、社会状况做了一番研究,力求每件物事都能饱满起来。"要让观众看到我的泥塑作品,就像在观看一幕情景剧,几千年前的生活日常,尽在眼前。"阿圆说。

阿圆成功了。她的这组《采采卷耳》在一场重量级的泥塑大赛中,拿下特等奖。阿圆告诉我这个好消息时,我一点儿也没惊讶,笑着对她说,理应如此。

这世上,从不缺聪明人,缺的是,一以贯之的热爱。当阿圆守住她的本心,持久地热爱着泥塑时,她的成功,也就水到渠成了。

人淡如菊

> 那些好看的瓶瓶罐罐，摆了一花架，有的上面开着花，有的没有，遗世独立的模样。

我问阮新买了一只蓝瓷瓶，蓝宝石一样的，莹润剔透。瓶身丰满，瓶颈却细而长，宛如穿着大裙摆的小姑娘，在引颈起舞。阮说，春天你可以插枝桃花，夏天可以插枝荷，秋天可以插枝金桂，冬天可以插枝蜡梅。

阮是开花店的。因喜欢花草，我经常光顾一些花店，由此结识了不少花店老板，每每有了新品种，他们总不忘给我发个短信，或打个电话。其中，就有阮。

阮不过三十出头，是这些花店老板中最年轻的，长相斯文，举止温和。他的花店开在一条偏僻的巷子里，远离闹市。一小间平房，摆满各种花草，却取名：陶言瓷语。很特别。隔三岔五，我会主动跑去阮的花店看看，不为看花，只为看看他装花的那些瓶瓶罐罐，一律陶瓷的，或活泼俏丽，或古朴素淡，或高贵典雅。阮常常出其不意地摆出一些来，颜色的纷繁自不必说，造型也别具一格，少有重样的。一株普通的花，凤仙花，或是秋菊，装在那些陶罐瓷瓶里，立马变得光彩照人，是灰姑娘走进王宫了。

店里这些瓶瓶罐罐的价钱自然也不菲。来阮的花店逛的客，并不多，大多数人更愿意去买泥盆子装的花，便宜得很，三五块钱能买上一大盆，一季开完了也就完了，随手扔进垃圾桶，毫不可惜。阮的生意，便显得有些清淡，常常我去时，店里一片静。那些好看的瓶瓶罐罐，摆了一花架，有的上面开着花，有的没有，遗世独立的模样。劝阮，也顺带卖卖廉价的花嘛。阮只笑笑，并不在意，把一株开着小红花的海棠，移进一只浅灰的陶罐里，顺手标上价：200元。他把那罐海棠，摆到了店门口。走过的人，忍不住看上一眼，回头，再补上一眼。绿的叶，红的花，与浅灰的罐身搭配，像幅立体的油画。阮也不招徕，也不吆喝，一任大家看着，再走远。阮说，懂花的人，自然懂的。语气缓缓，像微风拂起清波。

也真是有人懂。常来阮花店里逛的，除了我，也有那么几个老顾客。他们跟阮说说笑笑，把店里每样陶瓷都用眼光抚摸一遍，最后，把喜欢的打包，并问阮，接下来将有什么新作品。到这时，我方才知道，阮店里摆出的陶罐瓷瓶，原都出自阮的手。每一件，都是阮亲自设计的，再花了重金，到陶瓷厂定做。

阮曾经的辉煌，更让人吃惊。他是名牌大学毕业的，出国镀过金，披了一身光环回来，在大都市拥有年薪几十万的职位。一次旅途中，阮偶然与陶瓷相遇，从此爱上。加上自幼喜欢花草，遂辞了职,回到小城,开了这家花店。

  我想过要问问阮,有没有为他的选择后悔过?但看着埋首在一堆花草中,静好得犹如那些陶罐瓷瓶的阮,我终究没问。有顾客来,看中阮店里一罐绿萝,不还价,爽快地付钱,当宝贝样地捧走。阮微微笑着,站在门口,目送着那罐绿萝远去。

  有人羡慕阮,可以有勇气与众不同。有人又说他傻,丢掉优裕繁华,太不值得。到阮这里,都变得波平浪静了,阮只走着自己的路,人淡如菊。——这也是生活的一种,看似简单,却是我们许多人难以企及的。

让每一个日子，都看见欢喜

> 人生到底怎样度过才有意义？我想，遵从内心的召唤，认认真真地活着，让每一个日子，都看见欢喜，这或许才是它最大的意义所在。

一个从小在都市长大的女孩，受过良好教育，通音律，会钢琴，还出国留过学。回国后，她在城里拥有一份让人称羡的工作，生活安逸无虞。一次偶然机会，她去大山里游玩，被大山深深吸引住了，从此魂牵梦萦。

后来，女孩毅然决然地放弃了城里的热闹与繁华，跑到大山里，承包了土地种梨树。从没握过农具的手，在挖下第一个土坑时，手上就起了血泡。疼，疼得钻心。前来看她的母亲，抱住她哭，求她，我们回去吧。她却执意留下。当昔日的同事坐在开着空调的咖啡厅里，听着音乐，品着咖啡时，她正顶着烈日，在给梨树施肥除草。渴了，就弯腰到山泉边，捧上一口溪水喝。累了，就和衣躺到草地上,头枕着山风,休息一会儿。

熟悉她的人,没有一个不说她犯傻。读了二十多年的书,接受了那么多现代教育,最后却把那些统统丢弃了,跑到大山里做起山民,这人生过得还有意义吗?

有记者拿这个问题去采访女孩。女孩没有直接回答,而是带记者去了她的梨园。一路上,野花遍地,女孩边跑边采。时有调皮的小松鼠,从林中蹿出来,女孩冲它招招手。鸟亦多,两年的山里生活,女孩已能叫出不少鸟的名字了。梨花刚开过,青青的果,花苞苞似的冒出来。女孩轻轻掀开一片叶,让记者看她的梨。女孩说,你看,它们一天一天在长大,将会有好多人尝到它们的甜。

女孩是真心实意喜欢上山里的日子,清静、碧绿,还有鸟叫虫鸣常伴左右。女孩说,在这里,我每天都望见欢喜,我觉得很幸福。

女孩的故事,让我想起老家的烧饼炉子。烧饼炉子在老街上,我小的时候,它就在。摊烧饼卖的,是个男人,高高的个头,背微驼。他把揉好的面,摊在案板上,手持一根小棍,轻轻轧,轧成圆圆的一块。再挖一大勺馅儿,加到里面。把它揉圆,再摊开,撒上芝麻,贴到烧红的炉子边缘上。旁边等的人,会不时关照两句,师傅啊,多放点馅儿啊。师傅啊,多撒点芝麻啊。他一一答应。

他的烧饼炉子,一摆就是四十多年。他靠它,把两个女儿送进大学。如今,女儿出息了,一个在北京,一个在深圳,都有房有车,要接他去安享晚年。他去住了两天,住不惯,又跑回来,守着他的烧饼炉子。每天清晨五点,他准时起床,生炉子,和面,做馅儿。不一会儿，上学的孩子来了，围住他的烧饼炉子，小鸟似的，叽叽喳喳地叫，爷爷，多放点馅儿啊。爷爷，多撒点芝麻啊。他笑眯眯地应着，好，好。

你看，这一茬又一茬人，是吃着我的烧饼长大的，他呷一口浓茶，望着街上东来西往的人，无比安然地说。那只茶杯，紫砂的，也很有些年代了。我问他，果然是。跟他三十年了，都跟出感情来了，成了他须臾不离的亲密伙伴。

人生到底怎样度过才有意义？我想，遵从内心的召唤，认认真真地活着，让每一个日子，都看见欢喜，这或许才是它最大的意义所在。

第三辑 等一个月亮

书香做伴

> 如果书也是一朵花,我这样想象着,如果是的话,那么,风吹来,随便吹开的一页,那一页,便是盛开的一瓣花。

年少的时候,我曾热切地做过一个梦,一个有关书的梦:开一家小书店,抬头是书,低头还是书。

那时家贫,无钱买书。对书的渴望,很像饥寒的人,对一碗热汤的渴盼。偶尔得了几枚硬币,不舍得用,慢慢积攒着,等有一天,走上几十里的土路,到老街上去。

老街上最诱惑我的,不是酸酸甜甜的糖葫芦,不是香香喷喷的各色糕点,不是喜欢的红绸带,而是小人儿书。小人儿书是属于一个中年男人的,他把书摊摆在某棵大树下,或是巷道的拐角处。书大多破旧得很了,有的甚至连封面都没了,可是,有什么关系呢?它们在我眼里,是散着馨香的。我穿过川流的人群奔过去，我穿过满街的热闹奔过去，远远望见那个男人，望见他脚跟前的书，心里腾跳出欢喜来，哦，在呢，在呢。我扑过去，蹲在那里，租了书看，直看到暮色四合，用尽身上最后一枚硬币。

读小学时，我的班主任家里，订有一些报刊，让我垂涎不已。班主任跟我父亲是旧交，凭着这层关系，我常去他家借书看。他对书也是珍爱的，一次只肯借我一本。有时夜晚，借来的书看完了，我又想看另外的。这种欲望一旦产生，便汹涌澎湃起来，势不可当。怕父母阻拦，我偷偷出门，跑去班主任家，一个人走上五六里的路。乡村的夜，空旷得无边无际，偶有一声两声狗吠，叫得格外突兀，让人心惊肉跳。我看着自己小小的影子，在月下行走，像一枚飘着的叶，内心却被一种幸福，填得满满的。新借得的书，安静在我的怀里，温良、敦厚，让我有满怀的欢喜。

多年后，我想起那些夜晚，还觉得幸福。母亲惊奇，那时候，你还那么小，一个人走夜路，怎么不晓得害怕？我笑，我那时有书做伴呢，哪里想到怕了？那样的月色，漫着，水一样的。一个村庄，在安睡。我走在村庄的梦里面，怀里的书，散发出温暖亲切的气息。

上高中时，语文老师清瘦矍铄，爱书如命。他藏有一壁橱的书。我憋足了劲儿学好语文，只为讨得他欢喜，好开口问他借书。他也终于答应我，我想读书时，可以去他家借。

他家住在老街上，很旧的平房，木板门上的铜环都生锈了。屋顶上黛青色的瓦缝里，长着一蓬一蓬的狗尾巴草。这样的房子，在我眼里，却如童话中的小城堡，只要打开，里面就会蹦跳出无数的美好来。

是四五月吧,他屋门前的一棵泡桐树,开了一树紫色的桐花,小花伞似的,撑着。我去借书,看到他在树下坐着,一人,一椅,一本书。读到高兴处,他拊掌大叹,妙啊!

他孩子似的大叹,让我看到人生还有另一种活法:单纯洁净,桐花一般地美好着,与书有关。

后来,我离开老街,忘了很多的人和事,却常不经意地会想起他:一树的桐花,开得摇摇欲坠,他在树下端坐。如果我的记忆也是一册书,那么,他已成一枚书签,插在这册书里面。

而今,我早已拥有了自己的书房,也算实现了当初的梦想——抬头是书,低头还是书。若是外出,不管去哪里,我最喜欢逛的,定是当地的书店和书摊。

午后时光,太阳暖暖的,风吹得漫漫的,人在阳台上小憩,随便从书架上抽出一本书,摊膝上,风吹哪页读哪页。如果书也是一朵花,我这样想象着,如果是的话,那么,风吹来,随便吹开的一页,那一页,便是盛开的一瓣花。

人、书、风,就这样安静在阳光下、安静在岁月里,熨帖,脉脉温情。

等一个月亮

　　只要有心,每个月夜,我们都能重逢到欢喜和美。

　　我被一个月亮吓着了,那么大一个,亮澄澄的,像朵丰腴的白莲花。周围空无一物,云不见一朵,星星没有一颗,它就那么"开"在半空中,寂然欢喜。

　　这是寻常的夏夜。各家都大门紧闭,窗帘拉严,冷气打得足足的,把月亮隔在门窗外。我亦如此,膝上搁块毛毯,在灯下读书,读到一首好诗:

　　　　妹,我们就种一小片云南,
　　　　自己播种,自己收获。
　　　　在坡地上,种草,种烟叶,
　　　　种小白兔,种大象、森林和苍茫……

我怔住,在这些含着清香的字眼上转悠,突然想种点什么。

譬如,种一丛小花。让它开出星星点点的颜色,在南来北往的清风中鲜妍。

或是种点青葱。在做菜的时候,往每只碗里搁一小根,绿绿的、香香的,像鱼一样游。

要不,就随便丢下一把种子吧,长草长花,悉听尊便。它们会让一小撮泥土,产生奇迹,活色生香。

这是种欢喜,种等待,种希望,种幸福。在少有传奇的人生里,我们总要种点什么,日子才有趣味,才会变得绵长。

我一刻也坐不住了,起身下楼,打开门,在小院子里寻泥盆。就在这时,一捧月光,不由分说扑向我,迅捷地把我淹没。我心里惊疑,有月吗?一抬头,便逢着了一个硕大的月亮,在我的头顶上方,殷勤探望,它光洁柔嫩的面庞,清澈得如一张少女的脸。

我简直不能动弹,就那么傻傻地立在小院当中,看着它。我的身前身后,满淌着银色的月光,粼粼,粼粼。彼时,清风不动,四周俱寂。

我真想唤醒一些人,来啊,快快推开你们的窗,看看外面这美丽的月亮!

细细想来,有点儿冤,我们一生中,错过了多少这样的月亮,辜负了多少这样的良辰美景?一年一度,我们盼着过中秋,好赏月,好念苏东坡的诗:

暮云收尽溢清寒,银汉无声转玉盘。
此生此夜不长好,明月明年何处看。

瞧，苏东坡都说了，此生此夜不长好的。我们以为，月亮也只有那夜才叫美。我们劳师动众，精挑一块靠近河岸的草地，旁有桂花树几棵，然后一圈人坐下来，吃着月饼，看一个大大的月亮爬上来。月影飘摇，暗香浮动，我们心里满溢的，是对月亮的赞叹。也有人为赏中秋月，不惜重金，坐了飞机飞去某风景区，在山上住下来。说是山中月色，别有风味。

原来，我们都被习俗蒙蔽了。哪个月夜，月亮不是绝美的？山中也好，平原也罢，它不欺不瞒，一样把光辉均洒。只要有心，每个月夜，我们都能重逢到欢喜和美。我们却用墙，用门，用窗，把自己囚禁，把月亮和自然隔绝在我们之外。我们不知道花开得好，风吹得软，不知道鸟的啁啾，云霞的绚烂，我们逐渐变得麻木，淡漠，呆板，无有生机。

还好，我遇见了今夜的月亮。从此，有月的夜晚，我必会打开窗，静静地，等一个月亮。

文学好比菩提花

文学是美的、自然的、芬芳的，在距离外经久着。

没事我爱翻翻《金蔷薇》。那感觉像是在某个颇为闲适的夜晚，随手一敲门，就进了一家茶社，灯光温柔，有老友坐在桌旁等着。我坐下，听他闲闲地说些话。一个晚上，我都很少打断他的话，只那么微笑着听。唉，他的话，真是说到我心坎里去了。

我有点儿爱上了那个叫康·巴乌斯托夫斯基的人。我和他刚好错过一个时代，他走了，我来了。这有点儿可惜。我很想制造一点儿偶遇和邂逅，跟他。

比方说，在莫斯科的郊外（我能跑那么远去吗？为了见一见他，我想，也许能吧）。我低头假装打量一丛草，那丛草叫"猪殃殃"。他也熟悉。我当然要以此为契机的。我爱大自然。我知道他也爱。他曾立志要编一本"自然界的"词汇的辞典来，关于"森林的""田野的""草原的"，关于季节的、气象的、水和河流湖泊的，以及动植物的。——这一点共同的爱好,足以引领我们成为知己。尽管,也许,他长得不帅,他年纪有点儿大。

我们会就猪秧秧聊开去,聊到种子、花朵、果实,聊到清晨、露珠、草木弥漫的气息,聊到树木的神奇、动物的灵性,聊到我们人,也不过是万千动植物中的一个。我们都是大自然的孩子。

"在这以前,我从没想过自然界所发生的一切都有其目的,从没想到过每一片小树叶,每一朵小花,每条根须和种子都是那样复杂而完整的。"他说。

我会补充道:"一切的目的,都是为了更接近完美。一棵小草,从它还是个种子时,它就立下了宏愿,我要开花,我要结果。最后,它做到了。它成就了它自己。"

当然,聊植物绝不是我们的目的,我们的话题会延伸到他说的那棵"普通的菩提"上去,这种花的浓烈的香气,只有隔了一段距离,才能清晰地闻到。走近了,反倒觉察不出来。

他说,真正的文学,和菩提花一样。常常需要一个时间距离,来检验和评价文学的力量和它的完美的程度,来领会它的气息和永不凋零的美。

这些话有点儿深奥了,但我还是极喜欢他把文学比作菩提花。文学是美的、自然的、芬芳的,在距离外经久着。

我爱文学。我爱大自然。

闲话读书

当我们从书中走出来,我们急迫地要做的一件事就是,与自己和解。

一

一个年轻的姑娘,跟着熟人来我家做客。看到我的书房,她惊异,你家怎么有这么多书?

姑娘并没有想要我的回答,她惊异完之后,转而去看别的东西,看我养的花,看我房间的布置。看完了,她开始玩手机。我很想她走近我的书柜,认真地浏览一下,并对其中的某本书产生兴趣,那么,我会很高兴地送给她阅读。我以为,再没有比书更好的礼物了。

然她自始至终,再没提书的事。我从熟人那里得知,这个姑娘正在读大三。

我几乎望见她未来的模样，浅薄、无趣、庸常。我有些心疼她。

真正热爱读书的人越来越少了。

城里现在建有不少"24小时读书吧"，几乎遍布城市的每个角落。但那只是城市文明建设的一部分，我从那里经过若干次，甚少见到里面有人在读书。外面倒是车如流水马如龙，酒店门前更是人来人往。

想起年少时，我一个人摸黑跑上几公里路去借书，只因一个故事没读完而牵肠挂肚。街上守着小人儿书摊的中年男人，是我最羡慕的对象，每回上街，我必在他的摊头徘徊不去，恨不得跟他回家，做他的女儿，那么他家的书，便都是我的书了。

现在年少的孩子，有几个是真正对书痴迷的？为了考试，为了升学，他们把读书这一纯粹的人生乐趣，给弄丢了。一日一日，人生苍白地过着，而不自知。

二

中年以后，我读书的节奏放慢了，一本书能反复阅读多日。也不给自己制订读书计划，也不再迷信所谓的名著，只挑适合自己性情和脾胃的书来读。

从前名人书中被我膜拜的那些高深的道理，我已不喜。我更爱普通作者那些平实、和缓的文字，它们细腻、体贴，像夏夜的萤火虫，有着一闪一闪的小光亮，把生活里的褶皱一一抚平，给我欢愉和力量。

真正的生活，永远没有那么高深，不过是细水长流地数着日子。我要的就是这些小欢小喜，这些可触可摸的寻常。"岩上无心云相逐"，这样的自然状态，多好！

三

有时，在路边看到一个极好的树荫，树荫下，摆着一张造型独特的白色长椅。我想，捧一本书坐那儿读，是很适合的。但我一直没有这么做。

读书还是宜静。

这个时候，世界只剩下你和书。

书中的世界，便是你的整个世界。比如读《红楼梦》，你什么时候走进去，都有一幕活生生的戏在等着。最后，大厦倾倒，留下白茫茫一片。再旖旎的人生，也不过是匆匆一过客。当我们从书中走出来，我们急迫地要做的一件事就是，与自己和解。

四

去河边散步，偶遇一中年男人，捧本书在那儿读，边读还边伏在一旁的长凳上记着些什么。

我放轻脚步，从他身边走过。走过去之后，又忍不住回头张望。

那里长一排海棠，正开着粉粉的密密的花。海棠花照着，中年男人读书的样子，朦胧着一层美。

后来，我再去河边散步，没有看到读书的中年男人。

直到海棠花谢了,我也没有再看到他。我却忘不了他读书的样子,朦胧着一层美。

五

我工作室楼下有个小商铺,年后搬来一对卖猪肉的小夫妇,带一上小学的女儿。

夫妇两个上午卖肉,下午多半没事,他们常常一个坐在店内,一个坐在店外,翻看着手机玩。有时为什么琐事拌拌嘴,半天的时光也就过去了。

他们的女儿放学回来,女人会问,作业做了没?女儿答,在学校就做好了。女人就说,好的,那去玩吧。

女儿一个人玩,很无聊,常闹些小情绪,比如吵着要某样东西,吵着要玩手机。夫妻两个就大着喉咙叫骂,有时还打两下。那小女儿就直着喉咙哭,能哭上小半天。

我真想跑下楼去,喊那小姑娘上来,挑些书给她,让她好打发时光。

有一天,我在楼下碰到在玩的小姑娘,揪住她问,小朋友,你喜欢读书吗?

她朝我翻了个白眼,跑开去了。她妈妈出来张望了一下,又进店内去了,继续玩她的手机。

我也慢慢走开去了,莫名其妙地有些伤感。

越剧时光

> 有这样的越剧可听,我觉得这人世待我,实在不错。

喜欢越剧,从小就喜欢。

年少时,家里有一台收音机。我和我姐常争抢,她爱听里面说书的,我爱听里面唱越剧的。

起初我也听不懂唱什么,只觉得那音律的缠绵与深情,是花慢慢开着,月慢慢升着,风慢慢摇着,露水轻轻落着。时光是那么慢啊慢啊,像一根丝绸带子,被风吹得荡荡的,飘到半空中去了。一颗心被那根带子,绕啊绕的,千回百转的了。欢喜,忧伤,又是怅怅的。也不知惆怅些什么。

我奶奶也爱听越剧。她最爱听的是《梁山伯与祝英台》。颇奇怪她一个乡下老太太,居然听得懂里面唱什么,听到"十八相送"那一段,她每每要跺着小脚叹,呆子啊呆子啊,这个英台,她明明是个女的呀。

夏天的时候，越剧《红楼梦》到乡下来放，四里八乡的人都来了，人山人海，踩坏旁边好几亩地的水稻。结果是，人人都会哼唱一句：天上掉下个林妹妹。

那壮观场面，我今生只见过一次。

听过有人用普通话唱越剧，整个全变了味，好像骨头汤里掺了大量的水。

唱越剧，也只有那吴侬软语才相配，丝丝入扣。是细雨点洒落花蕊前。胡琴咿呀，慢板轻拍，吴侬软语一个一个吐出，拽着长长的尾音。藤蔓牵绕，莲步缓移，一字一句里，都是白月光在轻轻落呀。一夕间，已千年。

今日我听的是《玉蜻蜓》。尹派的唱腔，很是婉转清丽。其中的代表人物，要数王君安了。她女扮男装，实在俊美飘逸，唱腔更是清丽脱俗。《玉蜻蜓》里，她扮演的是苏州南濠巨富申贵升，爱上法华庵里的年轻尼姑王志贞，二人在罗汉堂内数罗汉，一个剖白挑逗，一个欲拒还迎，是鸟鸣山涧，是白云出岫。

王君安一口气把它唱下来，直唱得桃花纷飞：

三太，三太呀，笑你我要僧俗有缘三生幸，笑你我和诗酬韵在桃林。笑你我二八妙龄巧同岁，笑你我知音人不识知音人。他笑你种桃栽李惜春光，难耐黄卷与青灯。他笑我富贵荣华不在意，冷淡仕途薄功名。他笑你行医济世救众生，难救自己脱火坑。他笑我啊四书五经背如流，圣贤严训不经心。他笑我醉翁之意不在酒，他笑你口念弥陀假惺惺。笑我佯作轻狂态，笑你矫情冷如冰。笑我枉自痴情多，笑你不该少怜悯。长眉大仙呵呵笑，笑的是你瞒我我瞒你，错过青春无处寻，无处寻。

有这样的越剧可听，我觉得这人世待我，实在不错。

文字的节奏

真正的文字，总是有自己的节奏的。

真正的散文总是有自己的节奏的——这话是康·帕乌斯托夫斯基说的。

我想把它改一下：真正的文字，总是有自己的节奏的。这个节奏，不独独是指散文。诗歌就不消说了，若没有自己的节奏，根本成其不了诗歌。小说呢？若是弄出一堆晦涩难懂、毫无节奏感可言的文字，纵使再有曲折离奇的故事情节来支撑它，也是白搭。

那么，什么是文字的节奏呢？打个比方来说吧，溪水是潺潺而流，瀑布是哗啦啦飞泻，海浪是呼哧呼哧而来，这"潺潺""哗啦啦""呼哧呼哧"，就是节奏。你的文字若是溪水，它必有自己的潺潺之声。若是瀑布，它必发出哗啦啦巨响。若是海浪，必呼啸不断。读者在读你的文字时，会不由自主地，亦步亦趋，跟着你文字的节奏而行。没有节奏的文字，会让读者不知所云，如堕烟雾，找不到前行的路。

再比方说，好的音乐，总能在第一时间，让听众把握住音乐的节奏，和着自己的心跳，不自觉地，跟着那些节拍，载跳载欢，沉浸其中。

那年我去平遥古城，满街的房，都是雕梁画栋的，充满异域风情的。各式吃食店充塞其中，又卖着各式古玩挂饰，用琳琅满目、五彩缤纷来形容，一点儿不为夸张。正看得恍惚，不知所往，突然，一阵清越热烈的击鼓声，嘭嘭嘭响起，随之响起的，是一曲民谣。满大街的缤纷遁去，只剩那清越的民谣，还有和着鼓点而响的击鼓之声，我的双脚不由得移过去，手臂不由得跟着那鼓点摆动。也就看到一个女孩，面对大街，笑容晏晏地在击打着手鼓，她修长的手臂，和着音乐的鼓点，一上一下，一上一下，姿势优美。好几年过去了，每当想起平遥，我首先想到的，必是那个女孩、那首民谣，和那清越的鼓声。

这会儿，我之所以回忆起这场相遇，其实想说的是，文字也有自己的"鼓点"，你若能够营造出属于你的"鼓点"，你的文字，就成熟了。

那么，怎么才能形成自己的文字节奏呢？康·帕乌斯托夫斯基说，首先要求作者在行文时，每个句子都要写得流畅好懂，使读者一目了然。这个理解起来并不难，也就是说，你每写下一句话时，不要拐弯抹角，不要故作高深，不要自设坑坑洼洼，弄出一些似是而非、貌似深刻的东西，让人读起来结结巴巴，如同嚼蜡。句子的优美，原不在于优美词语的堆积，而在于它的好记、好懂、能引起共鸣、有画面感。一个句子写下来，能让人明白你所说何事，能让人在一瞬间，眼前展现出一幅画，有生活痕迹，这就有了文字的节奏了。

文字的节奏，还在于你要有能力把握整篇文章的步骤。该详的地方详写，该略的地方略写，做到轻重舒缓有致，既有流水咚咚，也有山鸟啼鸣，不要从头至尾都是一个调调、一个面孔，就像夏日午后的阳光，叫人发倦。

建议你多听一些纯音乐，多温习一些古典诗词，在那些"鼓点"与文字的节奏中，找到你的脉动。久而久之，你会有了自己的文字节奏的。当你写下的句子之间有起伏，有峰谷，你的一篇文章，也就变得好看多了。

读书的意义

> 阅读对我的意义,就是,它填补了我的人生空白,适时清扫落在我心头的尘埃,让我变得洁净、愉悦和安宁。

现在不知道还有多少人会翻翻鲁迅的文集。

我翻。也不定翻什么,抽到哪本是哪本,翻到哪页读哪页。今日随手翻到他的《而已集》。是他的杂感汇编。

杂感才是最真实的,它是一个人内心的剖白,不掺假,爱憎分明。

他谈读书。说有职业的读书,有嗜好的读书。说到职业读书,他打着比方说:"和木匠的磨斧头,裁缝的理针线并没有什么分别,并不见得高尚,有时还很苦痛,很可怜。"

说到嗜好的读书,他也打了个比方:"该如爱打牌的一样,天天打,夜夜打,连续的去打,有时被公安局捉去了,放出来之后还是打。诸君要知道真打牌的人的目的并不在于赢钱，而在有趣……我想，凡嗜好的读书，能够手不释卷的原因也就是这样。他在每一页每一页里，都得着深厚的趣味。"

他的这篇杂谈，发表于1927年。近一个世纪过去了，于今天，还很是行得通。只是现在嗜好读书的人，却是稀之又少了。普遍存在的，都是无奈何的职业读书的。比如学生。学生占了阅读群体的十分之九。学生为什么要读书？因为要考试啊，要博取个锦绣前程。

一叹。那种无奈何的职业的读书，看着着实煎熬，哪有半点乐趣可言？

我的读书，不是嗜好的读书，也不是职业的读书，它该是第三种吧，休闲的读书。当我不那么忙了，我会随手抽出一本书，去书中徜徉一会儿。遇到好的文字，就如同相遇知交，我会欣喜若狂。又好比闲庭信步，又好比游山玩水，纯粹的自然行走，不带目的，无有功利，心情自然轻松愉悦。

最怕有人问我，梅老师，你说读什么书有用呢？

啊，亲爱的，我不知道呢。我是杂食动物，啥都吃。且我也从来没有分辨过"有用"和"无用"。阅读对我的意义，就是，它填补了我的人生空白，适时清扫落在我心头的尘埃，让我变得洁净、愉悦和安宁。

踏莎行

> 天上有云朵在飘。地上有花草在摇。四野的风,吹着青绿。

每次看到这个词牌名,我总会莫名地生出欢喜,好似看到了春天,陌上花开,且缓缓归吧。

"缓缓",是个极美极闲情的动作,生活的沉重暂不去管了,是情深还是情浅且不去问了。这个时候,所有的情绪,都让位于春天,只一心一意跟眼前事物缠绵:天上有云朵在飘。地上有花草在摇。四野的风,吹着青绿。

小径上,莎草繁茂,每走一步,都落在清新嫩绿的莎草上。脚底的温柔,如同有小手指在抚。就这样缓缓地、缓缓地走着,不定走向哪里,这个时候,只做着自己。像一棵自由生长的莎草。像一朵高兴开成什么样子,就开成什么样子的小野花。

这样的踏莎行,是轻松的,愉悦的。唐代诗人陈羽写过一首

《过栎阳山溪》：

> 众草穿沙芳色齐，踏莎行草过春溪。
> 闲云相引上山去，人到山头云却低。

诗中的他，就是这么轻松愉悦地踏莎而行的。我每回读到，都心动得不行，恨不得穿越过去，陪他踏莎而行，一路上什么话也不要说，只静静地跟着一朵云走，走上山吧。

日月晃了几晃，再晃了几晃，一百六十多个春天过去了，历史已翻过一页，翻到大宋。宰相寇准于春天的溪边，和一群人赏春饮酒，吟诗唱和，眼前青青的莎草，让他想到了陈羽的"踏莎行草过春溪"，心里好像有块地方，被温柔的手指，碰触了一下，他当即挥毫写下一阕词：

> 春色将阑，莺声渐老，红英落尽青梅小。画堂人静雨蒙蒙，屏山半掩余香袅。
> 密约沉沉，离情杳杳，菱花尘满慵将照。倚楼无语欲销魂，长空暗淡连芳草。

词是相当应景的，伤春怀旧的美人呼之欲出，自然赢得一片叫好声。寇准乘兴为这首词谱了曲，命乐工弹奏。乐工问其曲名是什么。寇准脱口而出，踏莎行。

后来的词家，都爱拿这曲调来填词，或伤景，或伤情，多了不少的感伤与感怀，与原先的轻松愉悦，渐行渐远。

读　帖

一砚一砚的墨，变成才华、智慧和艺术。

真的挺羡慕古人的，没有一个读书人不写得一手好字。

那时的读书人，才是真的读书人，文房四宝是生活中必不可少的，一股墨香，终日盈室盈身。

那是真正的墨香。

红袖来磨最好。没有红袖添香也无妨，读书人哪个不练成了磨墨的高手？那是打小就练着的，从写第一个汉字起，就用毛笔蘸了墨来写。磨呀磨呀，一方砚里，慢慢汪出一汪黑黑的浓稠的墨。一砚一砚的墨，变成才华、智慧和艺术。

艺术，是真的艺术。翰墨成字，也成花，成果，成木，成石，成溪，成岭，成峰，成雨，成雪，成云……那时的郎中，随便开个药方子，也说不定是幅上乘的书法作品呢，只是少有传世下来的罢了。

那时的读书人,活得趣味十足。吃顿朋友送的韭花,也会蘸墨写下幅《韭花帖》:

昼寝乍兴,輖饥正甚,忽蒙简翰,猥赐盘飧。当一叶报秋之初,乃韭花逞味之始,助其肥羜,实谓珍羞,充腹之余,铭肌载切。谨修状陈谢,伏惟鉴察,谨状。

都说吃了人的嘴软,杨凝式不单是嘴软了,手也软了,这才有了这幅《韭花帖》。因是答谢朋友的,故字里行间,多的是真挚恭敬,一个个字都往清秀疏朗里走,如盛开着的韭花一朵朵。

有人犯个肚子痛,也会留下一幅《肚痛帖》:

忽肚痛不可堪/不知是冷热所致/欲服大黄汤/冷热俱有益

对着这帖,看着看着,我就发笑起来。哎,不过是肚子痛啊,服服大黄汤就好了。这个叫张旭的唐朝人,也不嫌麻烦,竟磨墨写下这么一帖。墨由浓及淡,再浓再淡,笔走龙蛇,一气呵成,如深谷出岫,愣是弄得肚子痛,也痛成了一场书法秀了。

朋友间的日常问候,更是少不得笔墨传情传意,尺牍之上,尽显真情厚谊。大暑天里,一个叫蔡襄的人,记挂着朋友公谨的病,因是大热天,不便登门拜访看望。遂磨墨修书一封,且随书捎去他的心意——精茶数片:

襄启：暑热，不及通谒，所苦想已平复。日夕风日酷烦，无处可避，人生缠锁如此，可叹可叹！精茶数片，不一一。襄上，公谨左右。

　　牯犀作子一副，可直几何？欲托一观，卖者要百五十千。

有意思吧？相当有。日夕风日酷烦，没事没事，喝几片精茶就好了。不过是些家常话，然情谊浑厚，全在那笔墨之间。我尤其对他后面添加上去的几行字颇感兴趣，那是事儿说得差不多了，他已落款"襄上"了，突然想起来，还有事得说一说呢，他新得牯犀做的饰物一副，卖的人要百五十千的，他想让公谨帮着看看，到底值多少钱。

　　这几行字，比之前的，要小一些，一看就是后添上去的。是突然想起，话未尽呢，遂续着先前的墨，一挥而就。那墨迹里，有着十足的亲近、信任和知心。

锦 瑟

人生的弦,根本不经弹,弹着弹着,年华就凋落了。

许是因为晚上接待方太过热情,许是因为床"生",我失眠了。

我听着窗外的雨,沙沙沙在走,如蚕食桑叶。我想着遥远的乡下,爸妈的秋蚕,此刻,也是这么吃着桑叶的吧。沙沙沙,沙沙沙,骤雨急敲,把一个村庄都敲醒了。

凌晨一点。凌晨两点。凌晨三点。我还是无法入眠。

索性不睡,爬起来看书。

一千多年前的李商隐,也是在这样的雨夜里,失眠的吧,他写下了那封著名的家书《夜雨寄北》。温情里,透出深深的惆怅,湿漉漉、沉甸甸的,挤也挤不干,晒也晒不了:

君问归期未有期,巴山夜雨涨秋池。
何当共剪西窗烛,却话巴山夜雨时。

人生最恨离别，归期遥遥，能拿出来取暖的，只剩回忆了。从前多么好，你端庄娴淑，我才情四溢，夜晚闲话，共剪烛花。可是，一转身，都成过往。他生命中最亮的一抹光——他的妻子王晏媄，早早病逝。

快乐的日子，对于李商隐来说，只是烟花一刹那。他的一生，都与忧愁纠缠不清。祖上有过荣耀，到他这里，已渐凋零。年少时，失父，作为家中长子，一个家的重担，都担在肩上。幸好，他有才华扛着，得到贵人的赏识和相帮，他做了幕僚。然考运却不佳，接连失意，最后，还得贵人提携，他才中了进士。后党派纷争，他不幸被裹入"夹板"中，他的人生因此起伏不定，浮浮沉沉，最后，病死在故土。

他的诗，一部分咏古，一部分咏情，发幽幽古思。他的一首《锦瑟》，今人当谜一样来解读：

> 锦瑟无端五十弦，一弦一柱思华年。
> 庄生晓梦迷蝴蝶，望帝春心托杜鹃。
> 沧海月明珠有泪，蓝田日暖玉生烟。
> 此情可待成追忆，只是当时已惘然。

这似是而非的一首诗，有人解读为情诗。我却以为，他是写给自己的。彼时彼刻，他一地碎了的心，无处安放，他假托锦瑟之名，来祭奠他曾有过的静好时光，那短暂的、灿若烟花的人生。那许是在他童年时，父母双全，他懵懂无忧地跟在父亲后面读诗习文，天空明媚，门庭光明。谁知人生的弦，根本不经弹，弹着弹着，年华就凋落了。

小暑小热

　　这样的好时光,是要刻进脑子中的,它是人生不可多得的干净、无拘和奔放。

　　季节从不撒谎,到什么时候,就做什么事儿。

　　眼下,已进入小暑。小暑小热,天也就像模像样地热起来。

　　蝉率先扯开嗓子,拉开大旗迎接这小暑。清早尚在睡梦中,就被它们给吵醒。闹嚷嚷的,一浪高过一浪去,如同赶集似的。

　　酷热的正午,它们越是叫得激烈且激昂,堪比斗士。它们要跟谁斗呢?好像是跟长了刺的阳光在叫阵。嗯,这个时候的阳光,都长了刺,晒到身上,有针刺的感觉,火辣辣的。

　　翻了几首写小暑的诗来读。唐人元稹的《小暑六月节》被引用得最为广泛,这首诗在元稹大量的诗文中,并不突出,属平平之作,只因它迎合了小暑这个节气:

> 倏忽温风至,因循小暑来。
> 竹喧先觉雨,山暗已闻雷。
> 户牖深青霭,阶庭长绿苔。
> 鹰鹯新习学,蟋蟀莫相催。

它如实描述了小暑有三候:一候温风至;二候蟋蟀居宇;三候鹰始鸷。说的是小暑来了,风都是热风了。蟋蟀怕热,躲到人家的屋檐下纳凉去了。鹰鹯带着幼崽练习飞向高空。

在另一个诗人独孤及的小暑里,有艳艳的石竹花在开。石竹,又名绣竹、石菊,花如同用剪刀裁剪过似的,又恰似用丝线绣上去的。每瓣花上,都有着好看的齿痕。花又多色,艳丽,是极易生存的一种草花。诗人由花及人及时光,面对光阴匆匆,一任愁肠百结:

> 殷疑曙霞染,巧类匣刀裁。
> 不怕南风热,能迎小暑开。
> 游蜂怜色好,思妇感年催。
> 览赠添离恨,愁肠日几回。

暑热里读这样的诗,有了凉意,蓦然间也惊了一下,日子真快呵,一年都过半了。时光催人老。

宋代晁补之的《玉溪小暑》,却有着满满的喜悦:

> 一碗分来百越春,玉溪小暑却宜人。

红尘它日同回首,能赋堂中偶坐身。

　　小暑的天,诗人来到玉溪这个地方,与友人相聚,他们饮着美酒,吃着美食,山水青绿,情意深厚。自由的风,吹着自由的灵魂,一切都是宜人的。这样的好时光,是要刻进脑子中的,它是人生不可多得的干净、无拘和奔放。

　　我猜想,那当是诗人的白衫少年时光。

生活需要艺术

> 丰富的灵魂、有趣的思想，会让平凡的生活，活成美和艺术。

一到年脚下，我爸就把他的一套笔墨家伙取出来了，他要开始忙了——他要忙着写春联。村子里识字的人不多，一村人家的春联，大多数出自他的手。写的春联无外乎是"一帆风顺吉星到，万事如意福临门"或"春临大地百花艳，节至人间万象新"之类的，基本上是照搬现成的。村人们也不管它，贴在门上，都是喜洋洋一片红。有一年，我爸心血来潮，大笔一挥，给我家门上写了副他独创的对联"吃大肥肉，穿花洋布"。我家那两扇普普通通的木门，一下子与众不同起来，认识俩字的人走过路过，看见，都莞尔。

那年，我有同学来我家，我奶奶打了一碗荷包蛋招待她，还用韭菜炒了一盘子兔肉，那是我们家拿得出手的最好的食物。多年后她忆起，开玩笑说，在你家别的事都不记得了，只记得那门上的对联，一边贴着"吃大肥肉"，一边贴着"穿花洋布"，欢天喜地气势磅礴啊。我笑了，挺有感触的，曾经那些穷苦的日子，我们兄妹几个就是靠着这些富足的向往和激励，快乐地走过来了。

翻一本有关历代文人书房的闲书，被文人们书房的名字给俘虏了，轻轻念念这些名字，嘴角噙香，像念着一阕阕词：桂坡馆、三癸亭、阅微草堂、瓶水斋、青萝山房、云林秘阁、滴翠轩、人境庐、天春园、立雪斋……或引经据典，或借鉴化用，或随情境独创，每一个名字背后，都是满满当当的生活意趣和文人风骨。也许那些书房只是草房两间茅屋一幢，可自打拥有了这些名字，它们便拥有了新的面孔，往雅里雅去，往静里静去。我们唤着这些名字，从前人们安坐在里面，于灯下读书写字的气息，便穿云破雾而来。那些月光照着虫鸣唧唧的夜晚，清风拂着轩窗，多么饱满。

我也爱逛江南古镇，常为街道两旁店铺的名字着迷，一个一个叫过去，像读一篇优美的小说或散文，比如：初见你的时光、拐角微笑、匆匆那年、三只耳、半遮面、卷珠帘等。住客栈，我也挑那些名字叫得格外有意思的，比如：千亩田。那是在浙江临安的一家客栈，我住进去，他们家当然没有千亩田，山上却长着上千棵核桃树。我在他们家点了一道菜也很有意思，叫翠柳啼红。菜未端上来时，我的心里荡漾着如烟的柳和无数的花红，期待得不得了。结果，只是一道寻常的菠菜炒蘑菇。即便如此，我还是吃得开开心心的。它是菠菜炒蘑菇，它又不是了，我吃进去的是花红柳绿。

我想起《窗边的小豆豆》里的故事，在巴学园，孩子们自带餐盒在学校用午餐。校长和校长夫人怕孩子们吃不饱，也为了给正在长身体的孩子添加营养，另做两道菜，一道煮鱼丸，一道煮山芋，他们称之为"海的味道""山的味道"，一勺一勺添加到孩子们碗里。孩子们高兴坏了，吃一口"海的味道"，再吃一口"山的味道"，普通的食物，变成了珍馐佳肴。

谁说生活是无趣的、庸常的？倘若你能以不同的眼光去看，以不同的情感去体验，所得到的感受一定是大不相同的。丰富的灵魂、有趣的思想，会让平凡的生活，活成美和艺术。

我的大学

　　年轻人的骨头，就要有股傲气，方能乘风破浪，勇往直前。

　　因翻找一个要用的证件，结果，证件没找到，倒翻出一本大学的毕业纪念册来。发黄的纸张，发黄的字迹，让我不可避免地跌回到从前，那个最青春的年月。

　　小城不算大，有点儿名堂的街道，横竖也就三四条。有人民路，有解放路，从东走到西，从南走到北，所费不过一两个小时，一个城的精华，也就全部浏览到了。我所念的大学，就蹲在小城的一隅，是所很普通的师范学校。校园内，房舍也简陋，楼高不过五六层。班上共有十个女生，全挤在一间宿舍内，上下床，你挨我我挨你地住着。老师们也都住在校内，家就安在我们宿舍楼后的一排平房里，与我们隔着两排紫薇树和一排梧桐。我们在宿舍里休息，会听到最家常的声音，锅碗瓢勺不时碰撞，大人叫孩子闹的。也闻到最家常的烟火,红烧肉的味道飘来时,我们都使劲嗅鼻子,真馋哪。偶也有夫妻吵架的声音,在静夜里,听来倍教人觉得凄凉。

女孩们开始学着化妆,涂了艳艳的口红,穿五颜六色的衣裳,周末去谈恋爱,或是结伴去跳舞。我却像个独行客,素面朝天,穿从老家带去的格子外套,一个人跑去图书馆看书。学校虽不大,却很奢侈地拥有一幢图书楼,里面的藏书,在我看来,数不胜数。周末图书馆不开门,我再三恳求那个黑瘦黑瘦的管理员,让我进去阅读。他禁不住我的"纠缠",把图书馆的钥匙交给我。我在那里,翻阅了古今中外大量书籍,并手抄下几十万字的《诗经》《楚辞》详解。

那时,我也迷恋上了写诗。天天写,写日记一般地写着。起风的时候,写风。落叶的时候,写叶。开花的时候,写花。下雪的时候,写雪。每晚十点半,就寝钟响过,宿舍的灯火会被强行拉灭。我躺在黑暗里,胡思乱想,得到一些好句子了,立马翻身坐起来,摸黑在枕边的纸上,记下来。第二天早上起床看,那纸上的字,一个叠着一个,像倒伏的草般纠缠在一起,我一一辨认,很愉悦。

那个时候,我给自己取了个笔名叫"孤帆"。取自李白的诗句"两岸青山相对出,孤帆一片日边来。"又"孤帆远影碧空尽,唯见长江天际流。"我喜欢诗里那种天地苍苍,我独仗剑走天涯的潇洒气。年少时,总是要伪装孤单,骨子里有傲气,梦想着长风猎猎,孤帆一叶。——这没什么不好,年轻人的骨头,就要有股傲气,方能乘风破浪,勇往直前。

你有什么样的经历，就能成就什么样的人生。我很感谢我的大学，它让我心无旁骛地读了那么多书，并因此走上了写作之路，成就了今天的我。

数点梅花天地心

> 清苦的童年,因有书的相伴,每一个日子,都有花在哗啦啦地开。

先说一件跟书有关的往事吧。那个时候,我七八岁,刚认识了一堆汉字,觉得神奇。家里清贫,无书可读,父亲有记账本,被我拿来当书读。这样的"求知欲",终于打动父亲,一天归来,他带给我一件礼物——一本小人儿书——《三毛流浪记》。那是父亲用他的口琴,跟别人换的。为这事儿,母亲埋怨、唠叨了他好几天。

那本小人儿书,对我来说,比布娃娃,比漂亮的衣裳,比好吃的糖果糕点,更加让我幸福,它胜过世上一切事物对我的吸引。我怀抱着它,一遍一遍看,甚至睡觉了,也把它放枕边。那些日子,世界单纯得,只剩下我和我的小人儿书。

可是有一天,我的小人儿书丢了。是弟弟趁我不注意,偷偷拿出去,跟一帮小伙伴炫耀。后来他们一起钻草堆,玩捉迷藏,玩着玩着,就把小人儿书给忘了。回头再找,哪里找得着?弟弟回来,哭丧着脸。我一听说小人儿书没了,立即号啕大哭,直哭得死去活来,天昏地暗。父亲母亲放下手里活计,帮着去找,他们几乎把全村的草堆都给掀翻了,也没找到我的小人儿书。结果是,我伤心得两顿没吃饭,而弟弟挨了一顿毒打,屁股肿得几天都没能落凳子。成年后,弟弟拿这事当笑话说,他说:"姐啊,为你的小人儿书,我这辈子就挨了那一次打。"我不说话,轻轻拥抱了弟弟,觉得很对不住他。

那时,村里有户人家,男人在一所中学做代课老师,家里订有一些报刊,我蹭饭似的蹭过去,借得一本两本来看。那户人家的儿子和我一般大,女主人每次拿书给我,都意味深长地说一句:"读了我家的书,就要做我家的媳妇啊。"我竟不介意,还认真地点头答应道:"好。"在那时小小的我的心里,只要有书可读,让我做什么都可以的。

我坐在田埂边读,割猪草的篮子放在一边。太阳渐渐沉下去,暮霭四起。我还舍不得合上书,就着天光看,随书里的人物,或悲,或喜,或微笑,或落泪,痴痴傻傻,竟不知要把猪草篮子装满了回家。有村人路过,自语:"这丫头呆掉了。"他们哪里知道,我盛着一篮子的快乐和好。清苦的童年,因有书的相伴,每一个日子,都有花在哗啦啦地开。

我就这样零零散散地读着,还备了摘抄本,遇到心仪的句子,会摘抄下来。也没深究为什么要读书,只觉得读书是件幸福的事。直到进入大学,大学里,有专门的图书楼,里面一列一列的书架上，满满当当的，全是书。我像在黑暗里摸索了许久的人，眼前突然洞开，外面的阳光和清风，一下子都灌进来。我激动得想哭，原来，世界是这么大！我一头坠进去。我在《诗经》里畅游，几千年前的歌谣，一下一下地，撞击着我的心扉。人类的厚重，让我仰视和敬重。我在唐诗、宋词中漫步，千年前的烟雨，拂过我的衣襟。我如一株植物，沐浴着这样的烟雨，日益葱茏。窗外的蔷薇开过，谢了。窗外的玉兰花开过，谢了。窗外的梧桐叶青了，又黄了。这些，我都顾不上。一季一季，因有书为伴，亦不觉得生活的单调。

等工作了、成家了，我做的第一件事，就是辟一间大大的书房，满壁皆书橱。我把每月的花费，大多数用在买书上。我还爱上逛地摊，在那里，总会淘到意外的惊喜。我曾在地摊上淘过一本徐志摩的传记，还淘过一本汉族风情史。没事的时候，我就那么逛着。每逢遇到一本好书，我就像遇到知己，哦，原来你在这里。那相遇的欢喜，无法言表。赶紧捧它回家，在薄暮的黄昏读，在静谧的深夜读，直读得唇齿留香，心满意足。

现在，我可以回答书是什么了。对于读书人来说，书是阳光，是空气，是水，是粮食，是衣裳，是挡雨的屋檐，是灵魂深处住着的另一个自己。当你失意的时候，从书中能找到安慰。当你困顿的时候，从书中能找到力量。当你心情低落的时候，书中的春天，永远在。这些，还都不是顶重要的，重要的是，一本好书，总能引起我们的共鸣，是那种从灵魂到灵魂的震颤，让我们即使身处混浊之中，亦能保持欢喜与纯真，引领我们，向着那发着光的前路去。

南宋翁森在《四时读书乐》中写道："读书之乐何处寻？数点梅花天地心。"他是真正的读书人。冬日萧条又何妨？一书在手，读到兴致处，眼里的萧条都不见了，一个俗世也不见了，天地之间，只剩下数点梅花，艳艳地红。想来读书，也是艳事一桩呢，那是读书人与书的约会。

第四辑

人间缓缓

做个好天气一样的人

认识自己,拥有自己的节奏,活得安静、丰富而从容。

一

五点多的窗外粉粉的,初初降生的世界,水嫩柔软。我醒来,很高兴,我又拥有一个新的世界,觉得更爱自己了。

二

春天做着软软的甜梦,让人一不小心,就绊倒在它的斑斓里。

我迷失在春天的天空下,心甘情愿被春天绑架,想要和它结婚,想要为它生儿育女,开出千朵万朵绚烂的花。

三

突然来的倒春寒，好天气生了满满的皱纹，草木们一阵惊慌之后，很快镇静下来，调整好自己的步伐，该绿的绿着，该盛放的盛放着，每一个都是在历练和修行中。它们知道，活着本身，就是极大的运气。

四

我爱水边的植物。三月里，桃花粉粉地开在水边；五、六月，菖蒲在水边绿绿地招摇；八、九月，水波轻荡，岸边数枝红蓼戏清风；冬月里，乌桕站在水边，一树白白的果子如梅怒放。

水边的植物，都被水里的精灵附了体，有着说不出的迷人。总能惊动你的心灵。

美是惊动心灵的一件事。

五

翻山越岭的云也会累吗？午后，我看到从天边飘来的一朵云，像只跑得气喘吁吁的大白熊，瘫倒在人家的马头墙上。

六

春天躺在草地上,暖洋洋的太阳一晒,我仿佛也要出芽了。

七

想象不出一朵花生病感冒的样子,它也会流鼻涕,也会咳嗽,也会软弱无力吗?

你这样想的时候,花朵笑了。

花朵对每一个生命微笑。它爱男人,也爱女人。爱高贵的,也爱卑微的。爱阳光下的事物,也爱暗夜里的虫子。

在花朵跟前,我们的灵魂,都是残缺的。

八

如果遇到晴天,就摊开自己,多让阳光晒晒吧。多赏赏花草,多吹吹和暖的风,好储蓄些能量,等到阴雨天里,拿出来晾干自己。

九

在黄海边,我看到一朵云,从天上飘落下来,停泊在码头。像只忠心耿耿的大狗蹲在那儿,安安静静等着它远航的主人归来。

十

我爱初夏的新绿,它让每棵树崭新着,每棵草崭新着,每粒水崭新着。

这个时候的风,是草绿色的风,吹得人的心里,长出嫩嫩的水草来。

我吹着这样的风,沿着林荫小道往前走,耳畔萦绕着溪水一般的鸟鸣。遇到花,我就停下脚步,看一看。那些小小的端端正正的美,总是叫我的心,忍不住一颤,哎,它们太好了。我轻轻喊出它们的名字。时光一粒一粒,都是清美的。

十一

你有没有发现,几乎所有的植物都活得很体面,从不显狼狈。无论是盛开,还是凋零,它们都按照自己的节奏走,不慌不忙,不急不躁。

我们为什么不能向一棵植物学习呢?认识自己,拥有自己的节奏,活得安静、丰富而从容。

十二

人生太多无奈,充满无数不定数。美好只在瞬息间,守住一刻是一刻吧。余生我只听从自己的心,走自己的路,吃自己的饭,赏自己的景。

十三

颜色的暴风雪,癫狂而下。这是仲秋。
栾树一边开花一边结果,花如黄绸巾飘舞,果如红灯笼高悬。
天地为我专门张灯结彩。除了爱,我别无选择。

十四

遇到好天气,我总忍不住要赞美。亮堂堂的太阳。亮堂堂的青绿和鸟鸣。清风温柔,云朵相爱。我要做个好天气一样的人。

十五

有没有比一棵植物更诚实的事物?对季节诚实。对天空和大地诚实。对眼睛诚实。诚实地出芽。诚实地抽枝长叶。诚实地绿起来。诚实地开花和结果。诚实地凋零和衰老。

生命一场,要做到像植物一样坦荡和光明磊落,方才活出真滋味啊。

十六

"人类是充满欲望并受欲望驱使的动物。"弗洛伊德说。

否定欲望的存在，或是杜绝欲望，彻底无欲无求，是非常不现实的，也是无趣的。但过分放纵欲望，在欲望中沦陷，将注定是一场毁灭。

尽量使欲念少一些。杂花生树，只取其一两枝，愉愉眼、悦悦心即好。懂得节制，方能获得轻松，更接近理想中的宁静和幸福。

十七

如果我们能够提前预知接下来的苦难，我们就不往下走了吗？不，不，我们舍不得。我们贪恋着此刻胸腔中的一口热气，贪恋着此刻眼中所见到的天地间的色彩——那水里的倒影多么梦幻！那空中鸟雀的舞姿多么美妙！

想到今天的后面还有一个明天；想到冬天的后面还有一个春天；想到菊花谢了，梅花该登场了。心里便有了一千个一万个的意愿，我要走下去，我一定要走下去，活得长长久久。

十八

夏天最好的礼物，莫过于一场雨。

午后，雨终于来了。是冰河乍破啊，有虎啸龙腾之状。我大开门窗，雨打湿了地板也没关系的。窗外的栾树在雨中兴奋得直摇头晃脑，我也差不多在摇头晃脑了。

等这场雨，等了好些天了。终于等到了，好像万事皆可休了。

是啊，我越来越耽于眼前的事物——一帘骤雨，一捧凉风，几片绿荫，几树蝉鸣，几盆薄荷，几枝小花……没有什么是永恒的。得到的和失去的，在某种意义上，是没有什么区别的。一转身，都成背影，都成往昔了。

十九

做人实苦。一生中难免要忍受肉体或精神的疼痛。疼痛是伴随着人的一生的，这是不争的事实。

然而，做人又实在生动快乐。比如我走在夏夜的天空下，头顶上有星星在闪，耳畔有蝉鸣声声。在幽静的林子里，有着更幽静的温柔的呼吸——草木的，虫子的。那些草木，总是忠心耿耿地守着四季，用色彩迎来送往。那些我叫得出名字叫不出名字的虫子，有的生命短暂到只有几天，但它们只要活着一刻，就有一刻的欢喜。我总是要被它们感动，继而为自己庆幸：瞧，我虽然胳膊疼痛，但我的双腿还能健步如飞啊，还能走在这样的夜空下，耳聪目明地，接纳一切的色彩与声响。

活着的每一天，都是福报。

二十

手抄司空图的《二十四诗品》。不拿它当诗论读，只当诗歌慢品，也是极有味道的。比如这则《旷达》：

生者百岁，相去几何。欢乐苦短，忧愁实多。何如尊酒，日往烟萝。花覆茅檐，疏雨相过。倒酒既尽，杖藜行歌。孰不有古，南山峨峨。

怨不得苏轼也喜欢司空图，他们的性情是何等相似，都能看透人生无常，不去纠缠，当下尽兴即好。司空图活在唐末多事之秋，七十二岁时，绝食而亡，应了他写的"泛彼浩劫，窅然空踪"了。

二十一

这世间的慈悲有多种演绎方式，不漠视、不冷漠、不伤害、不嘲笑、不嫉妒、不造谣生事、不以大欺小恃强凌弱、不生恶念、不落井下石、不偏袒徇私，都是。而微笑、倾听、看见、扶持、抚慰、宽容、理解、信任、诚实、陪伴、感恩，更是慈悲。

二十二

在生老病死上，上苍最讲公平公正，他才不管什么富贵与贫贱、美貌与丑陋，一律视为草芥。你做得了主的，只是活着的当下，好好把握，得一刻便是一刻的圆满。

捡得一颗欢喜心

> 意外的欢喜，一下子击中我。我重新坐下来，这晚，我和一杯月亮对饮。

一

我在院门前的花池里种花。花不长，草长。还不止一种草，多种，叫得出名叫不出名的，它们齐齐跑来我的花池里约会。嫩绿的、浅绿的、绛红的、米黄的，不一而足。真让我吃惊，原来，草也可以姹紫嫣红，这般华彩的。这很像一些不起眼的人，你以为他是庸常的，可以忽略不计的，你瞧他不起。等某天，你意外走近了看，他也有妻有子，勤劳努力，幽默爽朗，在他自己的日子里，活得五彩缤纷。

草继续生长，蓬蓬勃勃。我由起初的赏花，变成了赏草，时不时站花池跟前看看它们,意外捡得一颗欢喜心。感谢草!它们不因我的疏忽或是轻慢,而轻视自己一点点,它们寸土必争,争取活着的权利。

看着它们,我总要想起这样的诗句来:"青青河畔草,绵绵思远道。"诗里的草,是想念远方,还是流落到远方了?你得相信,草也有相思的。无人居住的院落,草守在那里,密密地长,是密密的思念。直到人重新归来,它才退回它的角落。

路过我家门前的人,几次三番好心提醒我:"看,你家花池里的草,都长这么高了,快拔掉啊。"我笑笑,不置可否,心里说:这天赐的欢喜,我怎么舍得拔!我还等着它们开花呢。

二

晚上,我和朋友约好,一起去咖啡厅喝茶。

我先去咖啡厅里等。要一杯白开水,在淡如轻烟的音乐里,慢慢饮。五楼的位置,在小城不算高,亦不算低。从窗户望下去,有俯的意思了,街道的霓虹灯,还有店铺的辉煌,尽收眼底。

月亮升起来,很大很圆的月亮,在人家的楼顶上晃。天空变得很矮很低,仿佛只要我一伸手,就能够到。我让服务员关了我近旁的灯,这样,月光就可以走进来。

我泡在月光里,一杯白开水喝完,再续一杯。朋友还没来。电话里她万分抱歉地说,临时有事耽搁,来不了了。

真是无趣得很。我站起身,准备走。却在无意中一低头时,被惊呆了,我看见桌上我喝水的杯子里,盛着一个明晃晃的月亮,皎洁清新，水波潋滟。意外的欢喜，一下子击中我。我重新坐下来，这晚，我和一杯月亮对饮。

三

连续几个晚上，我去河边空地上跑步，都会遇到一对老人。老先生人高马大，年轻时一定魁梧得不得了。老妇人瘦小清秀，年轻时说不定是个美人。

起初我没在意，以为他们是出来兜风的。他们也真的像是兜风的，老先生骑一辆带斗的三轮车，上面坐着老妇人。一路的车铃铛"丁零零"，那是老先生故意弄出的声响，跟老顽童似的。让人联想到欢腾的浪花、跳跃的小雨点。

空地的边缘，有个小广场，他们把车停在广场边。我跑远，再回头，就看见了让我难忘的一幕：广场的青砖地上，高大的老先生在前，哈着腰，朝着老妇人伸出双手，身子慢慢往后退，嘴里不停地鼓励着："好，好，再走两步。好，好，你走得太好了！"隔着两步远的距离，老妇人拄着拐，佝偻着腰，蹒跚地向着老先生走去，一步三挪，像个学步的娃娃。她的腰弯得真厉害，让人担心她就要趴到地上去。

不难想象，老妇人是遭遇不幸了，中风，或是车祸。这样的不幸，却照见他的心：不怕不怕，有我在，你可以重新再活一回。

一会儿，他们走了，依旧是一路的车铃铛"丁零零"。像欢腾的浪花，像跳跃的小雨点。风清月白。

我在他们的相依里，看不到伤悲，只看到欢喜。

人间缓缓

　　我就愿意这么慢慢儿地生长，按我自己的节奏，以我喜欢的样子，生命有进有退，方得久长。

一

　　我很喜欢吃"苜蓿巷"的烧饼，一只总有鞋底那么大，薄薄的，又香又酥，甜咸适当，上面撒满芝麻粒。

　　"苜蓿巷"是我私下里给它取的名，因巷口人家的花坛里，长满了紫苜蓿。一年里，有小半年那些紫苜蓿似乎都在开着花，花色是很纯正的紫，很耐看。有一次我路过，看到一只狸花猫蹲在那儿，正仰头嗅花。它闭起眼睛陶醉的样子，活像一个嗜酒之人面对一坛开了封的美酒，令我印象深刻。

　　"苜蓿巷"的真名叫什么，我不知道，我到小城来，发现这条巷子时，巷子已拆除得只剩下小半截了。不知为何，一年一年的，这小半截巷子一直留着。有人说，因这里住的都是老居民，有自己经营多年的老店铺，他们不愿迁到别处去。

这小半截巷子里的老店铺的确不少，理发店、裁缝店、鞋店、铁匠店、弹棉花店……都是从前的老手艺。当然，还有烧饼店。烧饼店的门面不宽，只一间屋子，里头幽深幽深的，通向后面的院子。门前撑着一顶军绿色的帆布雨篷，积着厚厚烟垢的烧饼炉子蹲在下面，一旁摆着张案桌，烧饼师傅立在案桌后。另一旁搭着个木头架子，上头搁着几个圆匾子，里面晾满洗净的葱，那是做烧饼馅儿用的。烧饼馅儿有甜的，有咸的，还有又甜又咸的，叫龙虎斗。一般我会买"龙虎斗"，名字叫得霸气十足，味道也确实超级好吃。我到过一些地方，吃过不少的烧饼，但都不是这个积满烟垢的老炉子上烤出的那个味。一些日子不吃它，我会想念。一个人的味蕾是有密钥的，只有它认定的味道才能开启它，让它获得真正的欢愉。

我每回去，烧饼炉子前总候着一些人，在等着烧饼出炉。烧饼师傅以他一贯的速度做事，他慢吞吞地揉着面团，慢吞吞地擀着饼坯，慢吞吞地包着馅儿，慢吞吞地给饼坯抹油，并撒上芝麻粒，再慢吞吞地把做好的饼坯一只一只贴到炉壁上，让炉中木炭的火星子慢吞吞去舔。这样烤熟的烧饼，麦子之香芝麻粒之香全部释放出来，一口一个真滋味。

烧饼师傅十六岁跟他的师傅学做烧饼，而今已六十有一。当年师傅教他练手下功夫，嘱咐他，要慢，要让力道均匀地使进去，慢是最好的酵母。他把这话记了四十多年，别家烧饼店早就改用电烤箱了,他却固执地守着他的老式烧饼炉子。

一炉烧饼出炉要等上半小时,候着的人不急,都安安静静地等着。烧饼炉子旁的时间是缓慢的,喷着香,人靠近它,就不自觉地也变得缓慢了,喷着香。

二

读李渔的《闲情偶寄》,看到一篇写黄杨的:

> 黄杨每岁长一寸,不溢分毫,至闰年反缩一寸,是天限之木也。植此宜生怜悯之心。予新授一名曰"知命树"。

我把这段文字又看了两遍。这真是奇特呢,一棵树一年只长一寸,而且说一寸就一寸,绝不会多出一丝一毫。遇到闰年呢,它则主动放弃生长,不但如此,它还要缩回去一寸。

黄杨寻常,大江南北皆可见到其身影。我们这里拿它做绿化带,马路边蹲一排,小区的路边也蹲一排,矮墩墩的,绿团团的,并不惹人特别留意。初秋的时候,园林工人给它"理发",大剪刀毫不怜惜地顺着它的头顶"咔嚓""咔嚓",一通乱剪,它便又平了头。它似乎永远那么高,永远年轻。

小野猫们喜欢卧伏在其下睡觉,拿它当天然的屋顶,真是不错。它在三四月开花,花细碎,米粒大小,颜色是极其浅淡的黄绿色,与叶的豆绿色糅合在一起,你若不留意,还真发现不了。正是春当时,那么多的姹紫嫣红芬芳斗艳,它是斗不过的,它大约也不屑于去斗，只气定神闲地，开着它小小的花。一日，我探头去嗅花，惊着了蜷在它身下睡觉的一只小猫，小猫跳起来，钻进更深的灌木丛中去了。待我稍稍走远，小猫又回到原地，继续做它甜美的梦。小猫大约是很喜欢黄杨的。

黄杨的叶子可爱，豆瓣似的绿，亮亮的，跟打了蜡似的。阳光照射其上，熠熠的，像窝着一把碎银子，它看上去比阳光还耀眼。虽说秋天它的叶子有的也变红了，但总体上，也还是绿绿的，永不惆怅。冬天，那些叶片上盛着雪，越发绿得晶莹了。诗人赞它"叶深圃翡翠"，真是绝妙的比拟！它那莹莹润润的绿，非翡翠莫能与之比肩。李渔说它是受天命限制，它只得认命，缓慢地生长，一点儿违抗不得，它终究成不了参天大树。我倒以为，这是它自己的选择，它有它的主见——我就愿意这么慢慢儿地生长，按我自己的节奏，以我喜欢的样子，生命有进有退，方得久长。

它的材质坚硬细腻，色彩庄重，润泽如玉，并能散发出淡淡的香气，是难得的良木。有人称它"木中君子"，实乃实至名归。

清风细细，黄杨缓缓，生命的丰富与厚重，靠的就是这一寸一寸的积累。急不得。

三

一下午，我都在画一棵松树。

我喜欢松树的苍劲，喜欢它身上迸发出的生生之力，春风拂拂时如此，冬寒凛冽时亦如此。人说，英雄不改本色。松树很英雄。

风吹过松树的声音，是天籁中的天籁。无数根松针唱和的声音，汇成浪，汇成涛，实可用"壮丽"二字来形容。"松涛"这个词，是专为这个声音而设的。有一年，我到西藏波密的草湖去，草湖边上有片很大很大的松树林，因太大了，每棵松树又长得那么相像，人极容易在里面迷路。——那样的迷路，也是有意思的，你走过一棵松树，又迎来一棵松树，呼啸的松涛声不绝于耳，似有滚滚江河倾倒而下，这个时候，你有身处八纮九野之感。后来，我坐在草湖边，一浪高过一浪的松涛声席卷而来，狂野奔放。我被那样的声音扑打着，身上的每一个细胞，似乎都被击起欢快的浪花。那样的时刻，每每想起，都叫人很愉快。

画松树看似不难，考验的却是你能否耐得住性子。松针的形状有扇形、车轮形、马尾形等，每一根松针又有各自的形状，着墨有轻有重、有淡有浓，你得一根一根地画，每一根都要赋予其个性。教我画国画的老师说，画画要有静气。确实如此，静，才能凝神；凝神，才能感受美、创造美。

我一直画到夕阳敲窗时才停住笔。我很开心地看着纸上的松树，它在我的笔下慢慢"长"出来了，清风若来拂，它定也会发出美妙的松涛之音吧？这一下午，我心无旁骛，只专注于笔墨，我收获到的，不仅仅是这样一棵"松树"，还有巨大的宁静和喜悦。

明人吕坤说，天地间真滋味，惟静者能尝得出。虽说日月匆匆，生活却也为我们提供了多种慢下来的可能，比如，认真地画一幅画。比如，完整地看一场日落。比如，用心地做一顿饭。陌上花开时，我们可以缓缓归。月上柳梢头时，我们可以静静赏。天地悠悠，人间缓缓，我们可以把一天，过成我们想要的一辈子。

所谓拥有

> 草有草的活法,树有树的活法,它们从不纠结要成为谁谁谁,它们只做着自己就很美好了。

一

我越来越懒了,越来越无所事事,虚度光阴。偏偏还独个儿沉于其中,自我感觉挺良好的。

我远离着喧嚣,远离着人头攒动,只关心鸟鸣、花开、草长、水流。人迹罕至的地方,有长椅寂静,没人坐上面,草就爬上去玩,并私作主张,在上面开起了花。长椅的脚跟边,也有小草小花绕着,和它促膝谈心。你根本不能够了解,我撞见的刹那,心中涌起多大的震动与欢喜。天地间最有怜悯心的,该是这些草啊,它们尽量让每一个被冷落的事物,都得到安慰。

我每天，把很多的时光，消磨在这些事物上。出门即山水——我这么写，是我夸张了。我的城没有山，可水是真的好，水横着淌，竖着流，要命的是，水边总是不缺花草去照拂。像眼下吧，就有无数的蔷薇花，临水而照。

怎么说蔷薇花好呢？没什么好说的，就是看见它，笑容不由得要浮上脸来，就像遇见一个可以百般怜爱的小儿女。细皮嫩肉的，却不娇贵，墙头上趴得，栅栏上攀得，桥栏上悬得……反正，人家活泼坚韧着呢，非常的亲民。

一个城，是蔷薇花的城，是满铺着新绿的城。我感叹，我们多像住在童话的森林里啊。我是多么爱我脚下的这块土地，每天徜徉其中，恰如一个不经世事的孩童，任由着自己的想象信马由缰。这个时候，我的脑中会铺开一张纸，我提笔唰唰唰在上面写：每一朵花都装着风火轮。是啊，我在写童话，那是我早年的梦想。

我不知道会写出什么来，写到哪儿是哪儿吧。就像我这些年的写作，从没想过要写得怎样惊天动地，要写得怎样字字珠玑，只是随着本性而已。我也从不替自己担忧能走多远或能走多久，走着就是了。亦如大自然中的草木，草有草的活法，树有树的活法，它们从不纠结要成为谁谁谁，它们只做着自己就很美好了。

二

牙疼连带半边头疼，嘴巴肿得张不开来，我的半张脸肿得有平常两个大。这时，人生所有的愿望都变得小小的，小得只剩下那么一点儿：要是脸消肿了，我能大口呼吸大声歌唱，我就是天底下最幸福的人了。

你看，人生要拥有的，其实没有那么多。眼睛明亮的时候，就多看看吧。

合欢花开得多好啊，如一朵一朵绯红的云，落在枝头；

广玉兰的花，则像一只只养尊处优的大白鸽，趴在树上；

紫薇开始描眉画唇了，它的心事最细碎，一箩筐也装不完，总要说到秋天才作罢；

赏荷正当时。最好是微雨后去赏，更有意趣。彼时，叶上滚珠，花朵上含玉，经雨水烹饪出的清香，也会徐徐散发出来。我的脑中会不由自主蹦出苏轼写的"微雨过，小荷翻。榴花开欲然。玉盆纤手弄清泉。琼珠碎却圆"。太玲珑了！雨玲珑，花玲珑，人玲珑，心事玲珑。花若少了人来凑趣，到底是件很寂寞的事。

耳朵清明的时候，就多听听吧。这个世界的声音多丰富啊，比如眼下的夏天，有虫鸣，有蛙叫。还有那么多的鸟。鸟是最出色的歌唱家，随便一张口，就是一段曼妙。风呢，最擅长鼓捣乐器了，它也是最讲音律节奏的，不同的物体上，会奏出不同的旋律。听不尽。

嗅觉灵敏的时候，就多闻闻吧。花草的气息，月色与露珠的味道，都堪称绝味……

总之，你要多多唤醒你的眼睛、耳朵和鼻子，这才真的做到善待自己。也才能真的体味到，每一场日升日落里，都是珍重。

三

带父母去海边看看。

假期里,海边景区人多为患。我们避开人群,沿海边大道一路走下去,两边的银杏成林,两边的杉树成林,两边的槐树成林,车子行走在林荫大道上,像行走在碧绿的湖水里。

我爸我妈的眼睛一直盯着窗外,惊讶地叹,呀,这么多的树啊,多绿啊。

我爸已彻底不能行走了,每走一步都得靠人搀扶着才行。所幸的是,他头脑清醒,眼睛明亮。

我问他,爸,今天一天过得可好?

他高兴地答,怎么不好?太好了,看到这么多的树啊,真绿啊。

遇到成片的槐树,我们把车停下来,把我爸从车里搀出来,不远处就是无边的大海,可望见渔船行驶在上面。我们让他坐那儿,吹吹海风,看看海,看看槐花。我们几个跑去摘槐花,告诉我爸,要带回家做槐花饼吃。采摘的场景多欢快,足够我爸在以后的日子里回忆一把了。人生最后的时光里,唯剩回忆是最好的支撑,它能瓦解很多寂寞很多不堪。我要争取多给我爸几笔这样的回忆,同时,也是我的回忆。

有进港的船驶进港了,我妈跑去看,像稀奇的孩童,哪儿哪儿她都好奇。她独自看了好久,直到我们叫,要回去啦,她才恋恋不舍、满脸含笑、意犹未尽地走了回来。我问她,妈,你看到什么了?她答两个字,好玩。

活到八十，还有颗童心，这是最难能可贵的。我妈今年刚好八十。

四

胳膊疼得无处安放，去看医生。医生见多不怪，笑曰，这是五十肩，很多人到了这个年纪，都会犯的。

我被这个可爱的名字撩到了。五十肩？多贴切多饱满啊。这肩，担负了半辈子的酸甜苦辣，也该累了。我不能怪它，它简直疼得理所当然嘛。

我在医生那儿待了不过一小时，就见到了几拨病人。有手臂动过手术，疼得龇牙咧嘴的；有中风过后，勉强能站立走动了，上臂却动不了，吞咽食物困难的；有坐着轮椅，根本无法站立的……

不进医院，你永远不知道自己有多幸运。痛苦的前头，永远有更大的痛苦。你遭受的，永远不是最大的那个。

做好自己

　　喜欢这个世界,是从喜欢自己开始的。

　　一个姑娘跑来对我诉苦,说她明明没有得罪一些人,却老是招一些人不待见,为此她很苦恼。

　　我淡淡地笑了。真是个傻丫头!你不是也有不喜欢的人和不喜欢的事吗?这世上,哪能样样都顺了你的眼。

　　每个人都有自己的偏好,视觉上的,味觉上的,品味上的,性情上的,心灵触感上的。

　　一个人,坚持自己就够了。说白了,你有你自己的味道,那是私有的,唯一的,烙上你的印记的,属于你的私人定制。这样的味道,有人喜,有人不喜,甚至排斥。但排斥并不代表你不好,或不够好,只是他人的偏好,不与你在同一个频道而已。或者,你们根本就是两类人。

　　就说我吧,饮食上偏甜,偏糯,一看到糯的东西,比如年糕、汤圆、粽子、麻团等食物，我就心生欢喜，必扑上去大过其瘾。家里那人看见糯的东西，浑身就起鸡皮疙瘩。我曾"逼"他吃年糕，他吃了一块，头晕了半天。这很好理解，就像一个人体内的乙醇脱氢酶极少，喝酒必醉，他天生消化不了酒这东西。

要允许自己的独特和不一样，心平气和看待他人对你的评价和态度。他人的不喜，不是对你抱有成见，不是跟你作对，也不是因为你真的不好，而是你与他们真的产生不了共振，你又何必在意？

宽容一些吧，允许别人和你不一样，无法相知，那么，就做路人好了，各有各的道好走。

我很佩服一个姑娘。姑娘长得不好看，很胖，却爱大碗喝酒、大口啖肉，很有点儿武林豪侠的风采。旁人多侧目，她却目光坚定，不理不睬。该吃吃，该喝喝，痛快得很。她跟我说，我要管旁人做什么，我要管的是我自己，我并不讨厌我自己的样子，我很爱我自己，这就够了。

真心欣赏她这一句话，我并不讨厌我自己的样子。

喜欢这个世界，是从喜欢自己开始的。

数数你的快乐

> 人生无止境，快乐无止境。关键是，你要用心去体会、去珍惜。

坐一辆出租车去参加朋友的婚礼，逢上傍晚下班高峰，路上车多人多，堵得慌。出租车只能在人缝里见缝插针，搞得司机很没情绪。偏偏这时，有行人从斜刺里冲出来，不管不顾，出租车眼看着就要撞上去，幸好司机反应快，一个紧急刹车，车子几欲倾倒，车轮与地面发出巨大的摩擦声，行人总算无碍。司机大怒，摇下车窗，把头伸到窗外破口大骂……

接下来的行程，司机一直被愤懑的情绪左右着，他赌气般地，把车子开得又急又快，跌跌撞撞，嘴里骂骂咧咧的。我为了调节气氛，跟他说笑，我说开车子切忌生气哟，一定要心平气和才行。司机气恨恨回我，刚才那人你也看到了吧，我若是反应慢一些，他早上西天去了。我笑，是啊，所以你更应该感到快乐才是啊，你瞧你避开了多大的祸啊。若是今天你撞上了他，你这会儿哪还能在这里开车啊。你该心怀感激地说，感谢老天爷，让我逃过了这一劫。

司机听我这样说，愣一愣。他放缓车速，扭头看我一眼，认真地说，你这人很有意思。渐渐地，他的脸部表情放松了，他说，你说得对，我今天逃过一劫了，真是件值得庆幸的事。他打开车上的音响，殷勤地问我，要不要听歌？我说，好啊。优美的萨克斯，开始在车里流淌，司机跟我聊起他喜欢的音乐，聊着聊着，他的唇边，荡着笑的波，他变得很快乐。看到他快乐，我更快乐。思绪突然就被快乐牵着，我很想数数自己到底有多少快乐。这一数，我被自己的快乐吓了一跳。原来，我拥有这么多！

我拥有一份工作，虽说工资不是很高，但我每天有班可上，可以在凡尘俗世里来来去去，我快乐。

我每年都能有一趟说走就走的旅行，我快乐。

我不算富有，但买得起自己想看的书，看得起自己想看的电影，听得起自己想听的音乐，我快乐。

我拥有明亮的眼睛，能够抬头看天、低头见花，我快乐。

我虽常患小病，但身体总体来说，还很健康，能吃能睡，能跑能跳，我快乐。

我有阳台，可以种花种草。看一盆一盆的草绿花开，我快乐。

花小半天时间，画一幅小画。能够重拾年少的梦想，看着颜色在纸上缤纷，我快乐。

闻着香，从兜里摸着几枚硬币，去买一份杂粮煎饼。卖杂粮煎饼的女人问我，要放葱吗？要放甜酱吗？我说，放，放多多的。

我快乐。

　　我的双亲，都还健在，他们与一亩三分地亲着，我能时常回老家，吃到他们亲自种的菜蔬，我快乐。

　　生命中遇到过一些好人，我经常被他们忆起，我也经常忆起他们，我快乐。

　　我和那人性情相投，为看一场荷开，能冒着大雨，驱车几百里。为看流星雨，守着夜空，整宿不睡。此生与他，不求大富大贵，只求平平安安。我满足，我快乐。

　　不管我在外奔波多久，永远有一幢房在等着我，有一扇门为我而开，窗口，有一盏灯，为我而亮。我快乐。

　　我不欠债，我快乐。

　　我不牙疼，我快乐。

　　我胃口很好，我快乐。

　　太阳升起来了，新的一天又开始了，我快乐。

　　单位甬道边的月季花和瓜叶菊开了，我快乐。

　　同事四岁的小女儿，追着我阿姨阿姨地叫。不是说，孩子的眼里都住着天使吗？我抱着那个小丫头，在她的眼睛里寻找天使。结果，找到了我，我快乐。

　　阳光羽毛般地落满我的书桌，我快乐。

　　晚上，看着那人下班平安归来，坐在灯下，对我微笑，没缺胳膊没少腿的，我快乐。

　　半夜睡醒，听到风从屋顶的琉璃瓦上轻悄悄滑过。听到两只小猫在院墙外面叫，叫声缠绵，大概是两只恋爱中的猫吧。如此一想，独自微笑，很快乐。

……………
　　人生无止境,快乐无止境。关键是,你要用心去体会、去珍惜。只要心中有阳光,再多的灰暗,也会变得灿烂。

夏日漫长

> 夏日漫长,我且慢慢走,缓缓归。

夏日漫长。

我在歇夏。

从前我不是很喜欢夏天的。

夏天的日头最是叫人吃不消。我顶着毒日头,被我妈赶进地里去掰玉米棒,身上的血仿佛全涌到脸上了,滚烫滚烫。用我奶奶的话说,脸上晒得倒得下血来。那时好盼望有一点儿阴凉啊,哪怕一片乌云飘过,投下一抹阴影,也叫我心头欢喜一阵。

那时,全家挤在三间草屋里。夏天真叫密不透风呢,每个孩子身上都生了一身的痱子。温度一高,全身的痱子都尖起来,痒得直往心头钻。

夏天也总有溺水而走的孩子。半夜里被惨哭声惊醒,在寂静的村庄上空,那惨哭声如绵帛撕裂,哧啦哧啦的。心咚咚咚地直跳，惊恐又茫然，那孩子一天前还活蹦乱跳着呢，还和我们一起玩耍着呢。跟我同岁的表弟，就是这么没了的。他走后好长一段时期，我到他家去，都会不自觉地喊他，二小，二小，二小。他在家里排行老二，我也是。

夏天地里还有很多活计要干，趁着早凉去捉棉铃虫。日头上来了就锄草，还要种黄豆……这些活，我都干过。我最怕去秧田里拔草，秧田里有蚂蟥。我最怕的虫子就是它。它不声不响钻进人的肌肤里喝血，喝得胖胖的，人却不知。我现在一看到大唱田园生活的诗或是文章，就会想起小时的那些经历。采菊东篱下好不好？好。带月荷锄归浪漫不浪漫？浪漫。可是，背后的艰辛，只有身在其中的人才知。

夏天也有喜欢的，那是太阳落山了，一天的暑气慢慢消去，门口的晒场上，已被井水浸过，透着凉意。门板卸下，在场上搭出临时的睡床。家人陆陆续续归来，天完全黑了。晚饭吃过，澡洗过，邻居们也来串门了，人人一把蒲扇，在手里摇着，大家围着门板床坐下，东一句西一句地拉着呱。小孩子们捉捉萤火虫，捉捉蝉，捉捉蛐蛐儿，玩累了，往门板床上一躺，开始数天上的星星。星星太多太挤了，针也插不进，像炉火里的火星子，一刻不停地跳呀闪呀。我总害怕它们掉下来，把晒场边的草堆子给点燃了。

想想这些快乐，很容易就把不快乐的事给丢开了。

人到中年，却一点一点喜欢上夏天。

绿在大地上疯长，一层一层加厚。绿树绿草绿水自不必说，风也是绿的，鸟叫声也是绿的，蛙鼓蝉鸣，都是绿的。养眼，养耳，养心。

地里的果蔬多多，丝瓜、豇豆、木瓜轮着吃，还有黄瓜、香瓜、西瓜，还有桃子和梨。

野花们沾着露水开。一年蓬是奇怪的，从春开到夏，还要开到秋天去。它从一捧绿里跳出来，总要让我惊异，咦，是你啊！它让一方天地变得素净而纯美，是绿底子上绣白花。

合欢花播着香。凌霄花无比卓越。对了，还有荷花。我在昆山的花桥镇小住，常于傍晚跑去吴淞江畔看荷花。荷在一方塘里密集着，却并不显得有多拥挤，旁边有苇和蒲陪着。在我，有种跑去与仙人相会的喜悦。它们随便一个姿势，都是美的，含苞的、半开的、怒放的、凋谢的……花谢了没事，结莲子呢。莲子摘了没事，泥里还有藕呢。荷的一生和一身，全是真本事啊。

花桥周边古镇多，我想去就跑去。千灯和锦溪，是我最喜欢去的。去了，也就四处随便走走，随便看看。天热，就坐到水边的一棵柳树下，等着瘦瘦的水里，划过来一只小船。那时，感觉有一条细凉的波，划到了心里。船上摇船的船娘唱着小调，我问她，唱的什么？她回我，丝竹小调。一问一答间，桨声已慢慢划远了。

后来我想，我为什么喜欢到这些地方去呢？大约是因为，它古老的缓慢，与我的心性很投契。在那里，我把自己交给流水，交给鸣蝉，交给那些斑驳的房，和幽长的巷道。我与世无争。

我不知道更好的生活是什么。这一时一刻，就叫我十分欢喜。

夏日漫长，我且慢慢走，缓缓归。

草在笑

> 学会宽容,宽容地对待这个社会,对待自己,你就会无往而不胜。

一

陪一个四五岁的孩子在草地上玩。天气晴好,熏风送暖。

孩子突然说,草在笑呀。

我一愣,低头看向那些草,细眉细眼的,果真像是在笑。

那么,花也在笑,树也在笑,风也在笑,云也在笑,……为什么不呢?!

天空和大地,到处布满微笑的眼睛,只是我们视而不见。

二

功成名就的朋友不断对我诉苦，他是多么忙多么累，整天身不由己，家里家外，事无巨细。

我建议，告假几日，关掉手机，去一处有山有水的陌生地，住下。那几日，只关乎自然山水，不关乎世间名利得失，看看怎样。

事实上，太阳会照旧升起，地球会照旧在转。你不在的日子，花依旧在开，大家的饭照常在吃。

亲爱的，你真的没有你想得那么重要。所以，不必背负太多的包裹，不妨学会放下。

三

一老者拿着自制的毫笔，蘸水在公园的一面墙上写字，一会儿行书，一会儿草书。风一吹，墙上的字迹很快没影儿了。

围观者众，大家探究地看着老人挥笔，频频相问，这是做什么呢？是要参加书法比赛吗？

老人起初不答，只一心一意写他的字，脸上的神情，惬意而满足。后来，实在架不住众人围观，老人停下笔，淡淡说，没什么，只是练字玩。

众人惊奇地"啊"一声，继而笑了。这个答案太出乎他们意料了，却是唯一的最完美的，无关身外事，只遵从内心，简单，透明，纯粹。

四

突遇家庭变故的孩子，瘫痪在床，生活维艰，天空黑暗。

经媒体报道，这个孩子得到社会各方面的捐助。

后来，有媒体上门采访，问这孩子，最令他感动和难忘的事是什么。

孩子沉默了一会儿，从贴身的口袋里，掏出一封信。信出自一个女人之手，信中写道：

> 孩子，无意中看到你的遭遇，心疼你。我也刚经过一场不幸，现在在外打工，还没有钱可以捐给你，但我，可以把微笑送给你。孩子，每天要记得笑一笑啊，明天会更好！

孩子说，每天，他都会掏出这封信来看一看，笑一笑，心就暖了。

媒体为之震惊。

慈善并不就是捐钱捐物。有时，心怀怜悯，能够送人微笑和温暖，也是慈善。

五

和一个刚参加工作不久的女孩聊天，她曾是我的学生。

女孩在一家大型企业里做事。同事欺生，常指使她做跑腿的活,每日里负责帮他们叫外卖,帮他们送信件,帮他们去超市里买这买那。甚至,帮他们擦桌子、倒茶水。她忧伤且有些激愤地说,社会真复杂,她无法做到强大。

我告诉她,真正的强大,是内心的强大。现在你做这些跑腿的活,就当是在锻炼自己的意志和耐性,为你的强大做准备。

又,生命短暂到用指头数几数,也就没了。一生中,你有多少时间可以相守?所以,珍惜,别浪费。而抱怨、生气、烦恼、仇恨等,无疑是在浪费生命,浪费自己。学会宽容,宽容地对待这个社会,对待自己,你就会无往而不胜。

一定要，爱着点什么

> 我把心放出来，是来收藏美的。

我急于要跟你分享，一天空的云。

季节的流转，从不敷衍了事，一立秋，秋的景象，就显现出来，天空很高远，云也很肥硕。

午后，我站在阳台上张望的时候，有个惊人的发现，每家窗户里，原来都养着云。我回头看我家的窗，也发现了一窗的云，我很幸福地笑了。风一吹起，它们就飞奔出去，像小兔子一样的，像小马一样的。天空中翻起白浪了。

傍晚，在路上散步，被天空中奇异的云给牵住脚步了。它们像在天空中舞起了龙灯，穿一身霞光四溢的衣裳，龙头昂扬。

不过眨眼间，它们又四散开去，像些彩色的鱼儿游得欢。

我举起手机拍。有路人也在拍，他们眼眸里有惊喜，叫道，真好看。我在一边默默微笑起来，这"真好看"三个字，就是对今天晚霞最好的赞赏了。够了!

现实太沉重,我们每个人都活得不轻松,有时甚至是压抑的。可生活还得继续,我们要做的,不是逃避,不是沮丧,而是努力重新寻求一种平衡,与这个世界和平共处。一定要,爱着点什么,我们才能找回快乐。

我跑去海边散心。

我特喜欢"散心"这个词,心在俗世里拘久了,会很累的,需要像放飞一只鸟儿一样,让它去自然里散散步。

我一路向东。遇见好看的树,停下来。遇见好看的花,停下来。遇见好看的水,停下来。遇见好看的云,停下来。

我把心放出来,是来收藏美的。没有目的地,遇见谁就是谁,反倒有了好多意外惊喜。

就像遇见一群麋鹿。它们像一堆厚厚的褐色的云,簇拥在海边滩涂上,目测有四五百头之多。中有鹿王头顶青草,很有威严地扫视着四周。还有一只头顶着像破渔网之类的东西,很滑稽的模样,可它偏偏一脸严肃。我猜测半天,不解那是何意。是代表王中之王吗?

麋鹿见到人也是好奇的,远远张望。间或发出声音,粗壮的。我想到《诗经》里的"呦呦鹿鸣,食野之苹。我有嘉宾,鼓瑟吹笙"的场面,那时,是不是也有这种鹿在草丛里叫呢?

我在那里逗留很久,与那群麋鹿隔着一段距离。我们共享着一片天空,共享着一片大地,互相欣赏,互不侵犯。

时间无垠,万物在其中

时间无垠,万物在其中,原各有各的来处和去处,各有各的存活本领和技能。

一

雨后,我去离家不远的植物园散步。栀子花开了,浓烈的香,把一方空气,调拌得醇厚黏稠,却不叫人不愉快。天空干净,大地水灵灵的,我袭一身花香走着,觉得这样的日子,都是恩赐。

一只蜘蛛忙得很。它把家安在栀子树上,在一花朵与另一花朵之间来回穿梭——它在忙着织它的网。

一阵风来,叶子上托着的小雨滴,纷纷滑落,很轻易就把它的网给弄破了。蜘蛛显然愣了一愣,它顿住,惊诧地望着破了的网,有些无可奈何,又有些伤心。但很快,它又重整旗鼓,忙着穿梭起来，继续织它的网。

我散步一圈回头，它的网，已织得差不多了，在湿润的天光里，闪着银光。跟一幅精湛的绣品似的，针脚密布匀称，丝丝入扣。怕是再高超的绣娘，也要自叹弗如了。

我为一只小蜘蛛的执着和本事，倾倒。

也是这样的雨后，我在家旁的小路上，偶遇到一只小鸟。仅仅一只。它有着黑褐色的小身子，颈项处，缀着一小撮蓝，头上却奇怪地长着角。雨后寂静，路上行人稀少。鸟似乎很享受这样的寂静，它不蹦跳了，它散起步来。那真是散步，绅士一样的。我停在不远处，傻傻看它。它那煞有介事的模样，让我觉得，它头上的角，不是角，而是隆重戴着的王冠。它是它自己的王。

它叫什么名字？从哪里来，又要去往哪里？

鸟根本不在意我的疑问，它也没打算告诉我。它继续散着它的步，不紧不慢，缓步而行。许久之后，它才"呼"的一声，飞到近旁的一棵树上。

六月，栾树的花，正细密地开。

二

收拾书桌，看到一只小瓢虫伏在我的书桌上，不过绿豆大小。

门窗密封，它是怎么进到我的屋子里的？它又在我的屋子里待多久了？都吃了些什么，又睡在哪里？——这些，我都一无所知。

它大概觉得屋子里不好玩了，努力挣扎着要飞出去。它从我的书桌上,爬上了我的窗,爬到窗户的缝隙里,在那里瞎折腾,晕头转向,跌跌撞撞。我也不去管它,自去做我的事。我一边做事,一边有些不怀好意地想着,小东西,你怕是白费力气了,那么严密的窗户,你是注定要失败的。等我做完手头的事,再去看,那里早已没了小瓢虫的身影——它终于飞出去了。

想起小时,家里老母鸡孵小鸡,我日日跑去看。到小鸡要挣破蛋壳时,我最激动。都看见小鸡的头了。都看见小鸡的身子了。都看见小鸡的脚了。小鸡在蛋壳里乱踢腾,很挣扎的样子,我忍不住伸手想戳破蛋壳去帮它。祖母严厉制止,不要动它,等它要出来时,它自己会跑出来的。我吃完午饭,小鸡果真自己出来了,站在竹匾子里,兴奋地东张西望着,抖着它一身柔软的小绒毛。

时间无垠,万物在其中,原各有各的来处和去处,各有各的存活本领和技能。

雪时光

　　世上许多人事的错失，原不在于人事无情，而在于你的迟钝和懒惰。

　　一场好雪。

　　在我睡着的时候，它已把世界重新装扮了一遍。

　　谁也不能有雪那样的大手笔，一夕之间，能让一个世界彻底变了模样。

　　最惹看的，该是那些树木了。无论怎样的经脉毕现，干瘪清瘦，此刻，都变得丰盈。雪的花朵，肥硕地开在上面。

　　从前的人，在这时候，最有雅兴的事，莫过于踏雪寻梅了。梅在荒山野岭人迹罕至处，骑着毛驴叮当叮当跑过去。或是，就那么踩着雪，一步一步嘎吱嘎吱走过去吧。当远远瞅见那雪地里的一抹红，心里该有多惊喜！这哪里是去寻梅，这是去寻惊喜的，寻雪里面藏着的香和艳。

我一大清早，争分夺秒去看雪，一刻也不耽误。因为我知道，这个时候的雪，性情最是柔软，只要太阳稍稍照上一照，它就立即跟着太阳跑了。

梅是不用寻的，小区里有，路边有。现时已盛开了不少了，被雪的白包裹着，露出点点的红来。白与红，是绝配。

我穿了件玫红的袄子，有雪做背景，怎么样都是好看的。我捧雪撒向天空，化作满天飞花。想起一个人对我说，梅老师，你的内心仿佛住着很多个少女。我乐了。嗯，不错，活到八十，咱还要有颗少女心的。

看松上的雪，竹上的雪，路边椅子上的雪，它们各有各的风情。在松上的，坚毅；在竹上的，袅娜；在椅子上的，憨厚。我还跑去一条小河边，看雪映苇花。那驮着雪的苇花，像极了一只一只的灰喜鹊。

雪聚在一株株木芙蓉身上，像吐出了无数朵白棉花。我真想摘下它们来，拍拍掸掸，好纺成棉被盖。

想让太阳慢一点儿出来，可它不解我意，还是很快地升上来。它的吻，落满雪的身上，我眼见那些雪，一点一点，消失殆尽。一切，又恢复成本来的样子，仿佛雪就从来没有来过。

没有惆怅，也没有遗憾，我及时赶到，见证了它的美。世上许多人事的错失，原不在于人事无情，而在于你的迟钝和懒惰。

我把今天的时光，命名为，雪时光。

送自己一朵微笑

眉毛弯弯,嘴角上扬,一朵微笑的花,就开在你的脸上了。你的心田里,会充溢着一朵芬芳。

有些事情,其实我们很容易就能做到。

比如,送自己一朵微笑。

一朵,刚刚好。就像一枝带露的玫瑰,散发出清晨特有的清香和甜蜜。又像春天枝头刚爆出的一朵新芽,柔软且纯真。

美好的一天,是从清晨开始的。第一缕晨雾。第一片阳光。第一声鸟鸣。第一袭花香。——这一些,无不是崭新的。而你,从黑夜里泅渡过来,沐浴着新的生命的光泽,便也是一个全新的你了。多么值得庆幸,你又迎来光明的一天。

为什么不送自己一朵微笑呢?

来,对着镜子。

若是没有镜子,就对着一面窗玻璃吧。

若是没有窗玻璃，哪怕对着空气也行。眉毛弯弯，嘴角上扬，一朵微笑的花，就开在你的脸上了。你的心田里，会充溢着一朵芬芳。

享受这朵芬芳吧。你会发现，门前掠过的车声人语，要比往日的动听。家里长着的那盆植物，要比往日的葱茏。简单的早餐吃在嘴里，也比往日的滋味绵长。普通的衣穿在身上，也比往日的合体熨帖。而你，真的有些不一样了呢，你容光焕发，步履轻盈，眼中所见到的，都仿佛镶着一对会笑的眼。你跃跃着，想对这个世界打声招呼："嗨，你好，早晨。"

扣上门，上班去。你的嘴角还是上扬的。看树，树在笑。看草，草在笑。陌生人相遇，也都是友善的。谁会对一个微笑着的人施以颜色呢？不会的。你从来没有觉得，这个世界，原来是这样的温和可亲。

每天必走的路，是厌倦过的。可是，今天却大不相同了。车窗外掠过的房屋、街道和行人，肩上都落着晨曦的光芒，看上去又温暖又美好。一些熟悉的街景，也有着说不出的温馨。一棵法国梧桐，站在一家卖小饰物的小店门口，树又高大又茂密，像撑着把绿色大伞。小店的名字这回你看清了，叫，转角微笑。你为这个名字暗暗叫好。想象着起这个名字的主人，一定总是嘴角含笑，满面春风。卖早点的摊子前，坐着三五个客人，馄饨或是面条上面，荡着一层晨雾般的热气。还有那个烧饼炉子，守着它的，竟是一个长相不错的女人。烧饼出炉了，买烧饼的人排成了队。你想象着那种香。每日里能与这种香相亲相爱，也是福分。修鞋的师傅开始出摊了，他把摊子摆在一棵合欢的下面，暂无生意，他坐在矮凳上，双手拢起，笑嘻嘻地看街景。那棵合欢，夏天连着秋天，都在开着花。一树的粉艳，把俗世的寻常，映得天晴日暖。你第一次充满感激，熟悉的东西无有改变，也是一种恩赐。都还在着呢，便是安慰。

你就这样一路走，一路看着、想着，有再相逢的喜悦。以前觉得漫长无趣的上班路，变得短暂又好玩了。你带着这样的心情，开始你一天的工作。你意外地发现，你的一颗心里，不再有抱怨，只有欢喜，鸟鸣雀叫，繁花似锦。寻常的每一天，原都是好日子。

总有一束光,能被我们捉住

做人要真,这是第一要紧的事。

一

霜降过后是立冬。立冬过后是小雪。小雪过后,大雪快跟着上来了。

节气守着时令,或曰时令守着节气,在宇宙中我们居住的这一粒小小尘埃上,周而复始。

万物随着周而复始,新生的在新生,死亡的在死亡。

一切自然而然。

二

被一束光迷住。

一晌午,我迷失在那束光里面。

那是一捧阳光穿透茶水投射在我书桌上的一束光。

我向来只喝白开水,清清简简、完完全全水的味道。可这个冬天,阳光一而再再而三地破窗而入,挑逗着我,魅惑着我。我负暄而坐,愉快得不行,总觉得要有点儿仪式感才好。于是乎,我搬出茶具,翻找出一些茶叶。其中有东方出版社莉莉总编送我的一款,是溧阳产的。装它的小瓷瓶太可爱,又古典又诗意。好,就泡它。

茶叶注入开水,又经小煮,汤水渐渐地由淡至浓。我有滋有味地在一旁观摩,那色泽的变化,就如同爱情的发生。初遇时惊喜,彼此生了好感。相处时,小心脏开始一毫米一毫米沦陷,最后终化成浓烈。好了,入骨相思了。

茶温在炉上,我一边闲读几页书,一边品茶。我极少品茶,也说不出这茶那茶的区别。但觉这茶是好的,入口极香,还带了点糯。然后,我一侧头,望向茶壶时,就看到一奇观,震撼得我的心,有一刻是停止跳动的。

是的,我看到阳光的杰作了。它穿透茶水,在书桌上丢下一个金折扇,送我。那真是金光耀眼,璀璨夺目,该是纯金打造,绝不掺假。

我笑纳了阳光的好意。寻常的日子,因此金碧辉煌起来。

世事瞬息万变，举步维艰，活着非常不易。但总有一束光，能被我们捉住，成为照亮心头的安慰。

三

放慢了读书的节奏。

其实，我读书的节奏，一直以来都很慢。一本书要消化好些时候，才能消化完。我从不贪多。我知道自己就普通一凡人，脑袋不算大，自然盛不了多少东西。多了，装不住，也是枉然，故我很少装忧装愁装杂七杂八鸡零狗碎。唉，我只一个脑袋，盛点文字盛点天空盛点大地盛点草木鸟鸣，也就再塞不下别的了。

最近读的是孙犁的随笔，是他八十岁以后的作品。我越读越喜欢。为什么呢？是因为真，每句话都说到我的心坎上，说得我或掩卷大笑，或掩卷沉思，或频频点头称是。人老了，不要讨好谁了，不要在意谁了，全世界都与他无关了。笔下的字，一个一个，便都是从胸腔里掉出来的金粒子。

我太爱惜这些字了。

做人要真，这是第一要紧的事。若是戴上面具做人，久了之后，自己也会不认识自己的，那可真可怜。

我很开心，我的世界，一直清爽着，比较简单。有芜杂进来，我也会把它清理得干干净净。所以呢，一直做着自己。你说我清高也好，你说我狂妄也罢，那都是你的以为，与我何干？

人间岁月,各自喜悦

> 我想,人生要的就是不辜负,不辜负这双眼睛,不辜负这一塘一塘的荷,不辜负这当下的好时光。

一月,我去北京开会,遇到北京第一场雪,小,米粉似的,薄薄敷了一层在地上。晚上,我踩着这样的薄雪,一个人逛北京城。在街头遇到卖烤山芋的,让我恍惚半天,以为是在我的小城。我买一只,焐着手,站在风里跟烤山芋的老人说话。老人是河北的,来北京十多年了。老伴儿也来了。儿子也来了。我问,北京好,还是老家好?老人望了我笑,说,老家当然好啊。不过这里也好的,一家人都在这里。过了一会儿,他又说道。我微笑起来,一家人在一起,再艰辛的岁月,也是温暖的。

二月,我在家养病。时光奢侈得不像话了,我可以长时间打量一株植物,譬如,花架上的水仙。我看着它抽叶,看着它打花苞苞,看着它盛开,捧出一颗鹅黄的、香喷喷的心。"仙风道骨今谁有？淡扫蛾眉簪一枝",我喜欢这两句。水仙配了美人,再恰当不过了。

还有桌上的风信子,一团雪白,一团淡紫。我盯着它们看,觉得热闹。花开如同市井,也各有各的欢腾喜悦。

三月,我的身体渐渐康复。蛰居多日,我出门去,有点儿像春天破土而出的虫,望见什么都是新奇的。我走过一座桥,被河里的阳光牵住了脚步。我就从没见过那么好看的阳光,它们在水面上跳着舞,群舞。白衣白裙上,缀满银珠儿。跳得满世界都开了花。桥那头的街道边,烧饼炉子还在那里。摊烧饼的女人,将一把把做馅儿用的嫩葱晾在匾子里。那会儿空闲着,她站在那里望街,围裙上沾着白面粉。阔别很久,这个尘世还是一如既往地活色生香,让人心安。

四月,我跑去看山看水。水是溪口的剡溪。水清得像孩子眼里的晶莹,我恨不得下去捧了喝。当地人却不在意,弯腰在河里洗涮,不惊不乍,从容自得,惹得我频频回头看。山叫雁荡山,有"东南第一山"的美誉。白天看。晚上看。任凭你想象去吧,像鸟、像鹰、像虎、像骆驼、像睡美人、像牧童。山只不语,以它的姿势,俯瞰众生,千年万年。

我还跑去洛阳看牡丹。繁华已过,只留余韵。人都替我遗憾,花都谢了呀,你来晚了呀。我倒不觉得可惜,仍是一个园一个园兴味十足地看过去,绿叶铺陈,偶见牡丹花一朵两朵,也都是开尽了的模样。喧闹远去,唯留宁静。我以为,这样的宁静,更接近生命的本质。大浪淘尽,岁月安稳。

六月,我驱车百十里去看荷。邻县乡下,大大小小的水塘里,全是荷。白的面若凝脂，红的红粉乱扑。每年，我都不曾错过它的华丽演出。我想，人生要的就是不辜负，不辜负这双眼睛，不辜负这一塘一塘的荷，不辜负这当下的好时光。

八月，我一路向西，去往向往中的西藏。在西藏，我遇到不少叩长头进藏的人，他们风餐露宿，一路艰辛，只为拜见心中的佛。大太阳下，他们风尘仆仆，脸上却无一例外地，有着让人敬畏的坦然和从容。

十月，我领着家里两个老人，在西子湖畔住了几天。满街飘着桂花香，满湖飘着桂花香，我总忍不住张嘴对着空气咬上一口，再一口。夜晚，我独自去钱塘江畔漫步。看一星点的航标，在黑里闪。江水一会儿湍急，一会儿舒缓。这岸笑语喧哗，对岸灯火辉煌。尘世万千，各各欢喜。

十一月，我去了崇明岛。江中小岛，四野苍翠。原是江边人家打鱼歇脚之处，后却繁衍出一个一个的集镇。我在一个叫城桥的小镇住下，听一夜风吹雨打，江水咆哮，担心着岛会沉没。早起，却风平浪静，卖崇明糕和毛脚蟹的当地人，提篮推车鱼贯而出。岛上渐渐盛满热闹繁华。我穿行在那样的热闹繁华里，体味着活的美好。

现在，岁末临近，我安安静静等着，等着旧年翻过去，新年走过来。凡尘俗世，我一直是一粒认真行走的尘，无所遗憾，内心安稳。

第五辑 旅行的意义

旅行的意义

> 这些细小的微不足道的遇见,恰恰是我旅行中最大的收获。

我常被人追问:你为什么那么喜欢旅行呢?旅行对你来说,到底有什么特别的意义?

我若是回答没有意义,只是单纯地喜欢旅行,肯定会叫你失望。

真实的情形的确如此,我从来不带任何目的地去旅行,不急着赶路,不忙着去实现什么,遇见什么我就收下什么,无烦无恼,无欲无求,身心皆得解放,这也许就是我的旅行的意义所在吧。

我也曾试图做一些功课。当我知道将要路过一座古庙时,我便提前狠狠地了解了一下这座古庙的前世今生,以及那些优美的传说故事。我以为带着这样的知识储备去看一座古庙,一定会看出不一样的效果。结果,我光想着它的厚重了,反而忽略了它眼前的模样,好似无滋无味地打马而过,留下的记忆成了模糊不清的一块。从此,我再也不做这样的功课了。

我还是喜欢随意地旅行,只忠实于彼时彼刻的遇见。恰巧有一阵怡人的风吹过,有响亮的好天气守着,有好心情相待着,浅浅的喜欢,便如涟漪,一圈一圈,在心里荡漾开来。没有什么深厚的历史做背景,也没有什么深厚的文化做衬托,普普通通的事物,普普通通的人,却因一时一刻的劈面相遇,而有了温度,有了惊喜。

比如说,在辽宁乡下人家的一堵围墙上,踡伏着两只胖胖的白猫,暖暖的阳光,照得它们的毛发闪闪亮亮,它们如禅定了一般,面对游人的挑逗和惊呼,丝毫不为所动。事情过去了很多年了,我还能想起那两只白猫的样子。

比如说,我和那人在一片梅林中漫无目的地走着,突然有钟声响起,在丽丽的晴日下悠扬,在浮云一般的梅花上头飘荡。所有的梅花,仿佛在一瞬间都唱起了梵音,朵朵婉转,真叫我恍惚啊。

比如说,在江南的一个小镇,遇见一座古老的桥。桥是石板桥,身上爬满了绿色的藤蔓,看上去非常玲珑,非常清秀。桥下一汪绿绿的水,不着痕迹地流着。我在那里流连了很久,没什么,只是觉得那座桥真好看。

比如说,在遥远的莫尔道嘎,夜晚的广场上,一群当地人在扭秧歌。他们热情地借我一对绸扇,拉我进去一起跳。我和他们跳了一曲又一曲,曲终,人散,我们不说再见。我不知道他们的名姓,他们亦不知道我的名姓。可我们心里,分明都是欢喜的。

有一次，我误入贵州的一座大山里，迷了路。也并不着急，因为我看见有人家有烟火。野花丛中，一头黄牛慢悠悠地嚼着草，我和它瞪视良久，彼此都觉得好惊奇。在山坡上的玉米地里，有扎着红头巾的妇人在劳动，一丛淡紫的萝卜花开在她身旁。我跑过去跟她打招呼，她开心地停下来跟我说话。她说的是当地方言，又快又多，我一句也听不懂。我说的是并不标准的普通话，我想她也没听懂多少。但这不妨碍我们两个热烈地交谈，我们说啊说啊，到挥手告别时，都是心满意足的。这次的偶遇，我每每想起，都要快乐很久。

这些细小的微不足道的遇见，恰恰是我旅行中最大的收获。正是它们，让我一次次看见真实的自己，灵魂一次次得到抚慰和升华。

好时光

好时光是什么呢？是树在绿着。花在红着。水在流着。天在蓝着。风在吹着。人在快乐地唱着。

我去看趵突泉。人说，到济南不看趵突泉，就不算到过济南了。我到济南了，当然得去趵突泉看看。虽说，近些年来，由于少雨，趵突泉已无多少泉水可看，然它的名头——天下第一泉——还摆在那里。这正如一个人，享有一定威望了，即便他老去，那威望，仍会威震八方。

也就是个普通的园子，——倘若没有趵突泉在，它也只是万粒尘沙中的一粒，无甚奇特。然我进得园去，自觉地便缓了脚步，敛了声音。我知道，我脚下的每一寸土地，都深厚得不可估量。史书中有关它的记载，可追溯到商代，那时，称之为"泺"，因它是古水之源。"泺"这个字很有意思，你读着它，感觉上就有一汪水，在活活泼泼地跳跃着。水很快乐。水当然很快乐，它从地下一跃而起,分成三股,高达数尺,发出"噗嘟噗嘟"的欢唱。我以为,泺,才是趵突泉最体己的叫法!

我没有看到"泺"的跳跃,呈现在我眼前的,只是一潭碧水清幽幽。但我却似乎听到它"噗嘟噗嘟"的欢唱,从远古,一路唱过来。元代书法家、画家兼诗人赵孟頫,曾为它倾倒,写下了"泺水发源天下无,平地涌出白玉壶"的诗句来赞美它。后面的几句,我以为更有况味:

谷虚久恐元气泄,岁旱不愁东海枯。
云雾润蒸华不注,波涛声震大明湖。
时来泉上濯尘土,冰雪满怀情兴孤。

他是皇室贵胄,一生历经宋元之变,或隐或仕,跌宕起伏,矛盾重重。不知他几番到得这泉上?清澈的泉水,洗濯了他蒙尘的心,让他多多少少,寻得了一丝安慰。

园子里,树木浓密茂盛。我一一去认那些树木,木瓜、白玉兰、七叶树、槭树、三爪枫等,品种极多,像是个小型植物园了。许是因泉水滋润,那些树木看上去,比别处的要青碧、高大得多。一片林子边上,有戏台子搭着。绿荫清凉,老人们在此休闲,吹拉弹唱,好不自在。台上一位老者在唱《林冲夜奔》,声音铿锵。我站在台下,听了一会儿。我想到"好时光"这个词。好时光是什么呢?是树在绿着。花在红着。水在流着。天在蓝着。风在吹着。人在快乐地唱着。

人生的好时光,必是这样的,如水波中的一朵小水花,一点一滴,汇聚成泉,成湖,成海,成洋。千秋万代。

石塘人家

　　每一座山，就像这世上的每一个人一样，都有它自己的故事吧。

　　石塘人家，原是一个叫石塘村的地方，离南京城三四十公里远，是掩映在大山里的一个千年古村落。

　　我来，是因一场讲座。《初中生世界》有一期文学夏令营，在此安营扎寨。

　　我们的车子，在山路上好一通盘旋，才抵达这里。

　　一见，惊艳。没想过大山里，还藏着这么一块"绿宝石"。真正是绿，满山满坡的绿。人家的房屋，掩映在绿里头。路转山头忽见。再转山头，又忽见。真不知到底有多少条巷道，多少幢房子。

　　一两声鸡啼，藏在树后。鸟鸣声柔美，是被绿浸染了的。这歌喉，适合唱越剧。一村人执了鱼竿，施施然穿巷而过。

　　入住的客栈，家具都是老式的，木头的气息，徐徐散出。站在观景阳台，可望见下面的小池塘，塘边绿树婆娑。塘后面，是青山隐隐。

当地人推荐我去看看他们的竹海。竹海在山上。山间有小湖，山影在水里面婉约。绿，比竹叶更绿。那么多的竹，遮住了天日。

紫色的小花，在路边扎着堆。见过，却一下子叫不出它的名。它不介意，来者都是客，笑迎。

山与山有什么不同？这是我想知道的。每一座山，就像这世上的每一个人一样，都有它自己的故事吧。

回头，顺着一条道走，走着走着，又走回原来出发的地方。一路有水声叮咚，白花花的水，跌跌撞撞。家家都种花，蜀葵和紫荆，开得有碗口那么大。有一家还种了几棵向日葵，欢实地开着，惹我举着相机，对着它们拍了又拍。

树影重重，雾霭腾起。雨忽然落下来，一阵风吹得雨珠乱摇。雾气是越来越大了，四面的山，都没在雾里头，像舟。红灯笼在雾里头，一闪一闪的。

巴斗的露珠

每一滴露珠，都是对清晨最好的祝福。

巴斗是个小渔村。地如其名，不过笆斗一般大，从村东头走到村西头，十分钟时间足够了。

巴斗得名于"笆斗"。笆斗为何物？现在的年轻人怕是不知。它是用竹子、藤条或是柳条编制而成的器物。昔年乡下人家家家都有，用以盛粮盛物。二百年前的巴斗，还是黄海岸边的一个浅水湾子，下海捕鱼的人在此歇脚。后有人搭棚居住，居室简陋，无桌无椅，藤编的笆斗却是不可少的。吃饭时，人把笆斗倒扣地上当饭桌。久而久之，这地方便被唤作"笆斗"了。形成书面文字时，简化成"巴斗"。

我决心去巴斗住两天，缘于家里那人。他跟朋友去过，回来说，那里的生态环境太好了，螃蟹都爬到人家屋檐底下了。又说那里的人也好，你家地里的青菜，他家地里的萝卜，是可以随便采来吃的。一个村子，统共才百十户人家，平时留守在村子里的，也就几十口人，好比一大家子，不分你我的。

村子初初落入我的眼里，很使我吃惊，令我想到"风情"二字。人家的房，都是精致而漂亮的，墙上所绘图案，无一不与海有关，帆船、贝壳、鱼虾、海鸟、海浪……满满的海洋风味。解甲归田的渔船，搁置在路边，成了风景。老船长的老房子里，装着许多从前有关海的故事。我没有看到螃蟹在人家的屋檐下爬，但是看到了洁白的海鸟，像家养的似的，在人家的屋顶上散步。秋天的海风吹着斑斓，晚上，夜空的星星大如葡萄。

几乎家家都设客栈，随便一家都可以入住。村子太安静了，夜里反而睡不着，我在凌晨四点多就醒了，听鸟在窗外叽叽喳喳，好像有成千上万只。天麻麻亮时，我起床到滩涂上去等日出，天却不给力，雾蒙蒙的，等到七点多，才依稀见到云破处的一点儿红黄，如蛋黄被打碎了。

低头，却见到一地的"珍珠"在滚，莹莹润润，烁烁闪闪。夜里，普天而降一场露珠，把阔大的滩涂，装点得无比璀璨。芒草、海米草、碱蓬的身上，都缀满钻石一样的露珠，晶晶亮亮，无比光华。嵌满露珠的狗尾巴草尤其动人，就像精心打造的银步摇，一支支直接上得了仕女的头。苦苣草的种球上，雕琢着细密的露珠，像一颗颗闪闪发光的水晶球。我想到《诗经》年代的"野有蔓草，零露漙兮"了，那样一场盛大的露珠，成就了一场一见钟情的爱情。每一滴露珠，都是对清晨最好的祝福。几千年来，未曾改变。

远远有一人逆着光而来，那是早早赶海归来的人。他的身上披着露水，仿佛是晶莹的一个人。走到近前，我才发现，他的身后，跟着一只橘色的大肥猫。这真叫稀奇。"天天跟着呢，跟习惯了。"他黝黑清瘦的脸上，绽出笑容。他是个老渔民，在海上作业四十多年了，现在上岸了，却还是忍不住每天去海里转转，也不走远，就在近处捞捞鱼。今天他的收获不错，捞到了一网兜的鱼。我夸他的猫养得真肥，他瞟一眼猫，像看一个孩子一样地说："它天天吃鱼呢。"我们说话时，猫在一边专心听着，圆溜溜的眼睛里，汪着晶莹的露珠。

泡在乌镇千年的酽水里

尘世里的相遇,有时,只需一个微笑,那种亲切,就能抵达心窝。

我去乌镇前,先转道去浙江的平湖,息脚在做生意的朋友那儿。朋友听说我千里迢迢,只为奔乌镇去,很不以为然地笑了,说,乌镇有什么好看的?尽是些老房子、老街道,还不如去离这儿不远的南北湖,那才叫好看呢,有山有水,还可以坐汽艇玩,很热闹的。

想来是这个理啊,老房子在江南不属稀奇,哪儿都有几幢的,无非是粉墙黛瓦,画梁雕柱,再加上一些岁月的青苔,茸茸地长。可还是执意要去,感觉里,乌镇就是有些不一样的。

待我真的置身其中,我才知道,我为什么要千里迢迢奔它而来。它从根子底部散发出的优雅,无与伦比,让人震撼。房对房,檐对檐,窗对窗,排门对板门。黛青的瓦,灰白的墙,拓展出一条千年的老街，蜿蜒曲折着伸向前去。望不尽的悠长。而水阁和廊桥，错落有致地排列于河沿两岸。沿街伸出的旗幡，古朴的小店铺、酒肆，延续的都是千年前的模样。只是繁华落尽，悠悠然过着的，却是最为寻常的小户人家的日子。

是的，小户人家。他们都当街而居，大门洞开，里面的一应摆设，尽收眼底。绛色的旧桌椅、白底子蓝花的器皿。迎面的条几上，泥盆里，有花，开成一簇红艳。饭时到了，一家人正围桌吃饭呢，大米饭、炒竹笋、红烧鱼，外加蛋花汤。简单的饭菜，家常的日子。你这边才探过头去，一家人的微笑，就送上来了。无须多话，尘世里的相遇，有时，只需一个微笑，那种亲切，就能抵达心窝。

放轻脚步，缓缓走近另一户人家。主人出门去了，院门散着，任由人进去。我抬首，在那古老的大门檐上，看见四个字：厚德载物。到底明了，这样一座千年的古镇，因何有那样的淡定和从容。

百床馆里，有上百架宁式大床静卧着，几进几出，无一处不精雕细琢，极具匠心。花鸟鱼虫，人物珍禽，依稀遥见当年的繁华与热闹。

酒坊的酒酿得正好，是乌镇出名的三白酒。胖胖的酒瓮，一个个憨憨地蹲着，成百上千，很是壮观。取一点儿尝，甜香，微辣。

布作坊里，织机还在吱呀作响，仿佛从千年之前响过来，一直未曾停息过。瘦削的老阿姨，在织机前坐着，埋首织着布。而染坊门前宽阔的晒场上，搭着一排一排高大的木架，须高仰着头才能望上去。木架上，垂挂着刚刚印染好的蓝印花布，一片蓝海洋。风吹过，犹如千帆扬起。而这些蓝印花布，日后会成为蓝花小袄、蓝花筒裙、蓝花头巾、蓝花小包、蓝花伞……静静飘在古镇的巷陌、里弄、石桥上，韵味悠长得像越剧。便很想穿一袭蓝印花的衣裳，撑着蓝花伞，于微雨的天，走在那巷陌之中。身旁突然传来童稚的笑声，两个当地小孩子，追逐着，跑到一片蓝花布的海洋里去了。

茅盾故居是必去的。乌镇历来文人荟萃，人才辈出，有梁昭明太子萧统及其老师沈约，一代丞相裴休，诗人陈与义，更有藏书家鲍廷博，光绪帝的老师夏同善等。而近代文学巨匠茅盾曾寓居于此，更加深了这座古镇的文化底蕴，使其厚重得让人无法掀动，只能屏了声静了气地遥望。也是几进几出的小院落，先生当年的生活起居尽收眼底。书斋门前，长有一棵葡萄，上面绿意荡漾，不知是不是先生当年植的那一株。庭院深深，有鸟从屋檐上空悄悄飞过。逝去的一天，又将成为历史了。

镇上到处有卖姑嫂饼的，酥白的一小块，放在一方小盒子里。买两块，尝，又香又糯。问当地人，这饼，是不是小姑与嫂嫂一块儿做的？当地人笑，给我讲姑嫂饼的来历，原是小姑跟嫂嫂斗气的。小姑家有祖传的做甜饼的秘方，但传男不传女，嫂嫂继承了秘方，做了甜饼卖。小姑心生妒意，趁人不注意，抓一把盐，撒到那些甜饼上。结果，这样的饼，反而比原先的要好吃得多，油而不腻，甜中带咸。于是姑嫂饼的名声就传开了。

我笑，真是无心插柳柳成荫的。一边吃着姑嫂饼，一边四处闲逛着，曲曲弯弯的巷道，四处相连着，你不知道你踩在谁的梦里面。

禁不住乌篷船的诱惑，我跳上船，六十块钱一个人，可沿河转一圈。在船头淡定地坐下，眼光悠悠放开去，仿佛去赴一个千年的约会。沿河一排一排的红灯笼，倒映在水里，波光碎影，荡出一片绯红，惹得人直直想伸手在水里打捞一把。问摇橹的船娘，会唱歌吗？她答，会。张口就来一句，人说乌镇好风光。竟是改版的《人说山西好风光》，那声音，绝对的草根，原汁原味，滋味醇厚。

　　上得岸来，船娘建议，你们可以去看皮影戏呀，那是我们乌镇的一大特色呢。皮影戏我知道，是些兽皮或纸板做的人，被人牵着，不停地作着揖，演绎着千年人生。我在大太阳底下愣怔了一会儿，说，还是不看吧。后来我一直在想，我为什么不看呢？我原是怕日后的记忆，太过饱满，我要留点空白，好时时回想的。

　　走累了，去茶楼喝茶。茶楼傍河而倚，宁静恬淡。一步一步，踏上木级楼梯，穿蓝花布衫蓝花布裙的茶楼女子送上茶来，轻言慢语一声，您请。就自下去了。茶是乌镇特产杭白菊，菊在沸水里开，清清淡淡，是素妆女子的笑靥。

　　凭窗而望，望见隔河人家房屋的顶，一棱一棱黛色的瓦，高低错落地密布着，淡墨染过似的，直铺到天边去了。临河的窗台上，摆满泥盆儿，里面长着些花草，有些花已经开了，从绿绿的叶间，冒出一点两点的艳红。我们猜着，那是些什么花。指甲花？杜鹃？海棠？一旁的陌生游客搭腔了，那好像是九月菊。回头送他一个笑，虽是陌生相逢，但心灵之间的某根脉络，在那一刻相通。

　　突然有小吊桶从对面的窗口落下来，是一个小女孩在用吊桶打水。我饶有兴趣地看着,吊桶缓缓落到水里面,打满水,又被摇摇晃晃地提上去。像梦。有乌篷船这时咿咿呀呀摇过,头戴蓝花巾的船娘,很有韵味地摇着橹。我想起茅盾先生在散文《大地山河》里写的乌镇:"人家的后门外就是河,站在后门口,可以用吊桶打水。午夜梦回,可以听得橹声欸乃,飘然而过。"那是怎样一种俗世的沉静与热闹?

茶楼女子上来续茶,动作轻盈。十块钱的菊花茶,可以让你尽情地喝。如果你愿意,你亦可以在这儿坐上一整天,绝对没有人来打扰你。饿了,可以就着菊花茶,吃乌镇的特产姑嫂饼,香甜可口,入口即化。在这茶楼里坐久了,我仿佛也成了一朵菊,浸泡在乌镇千年的酽水里……

夜宿西塘

我想,大起大落是一种人生,平平安安过日子,未尝不是另一种人生。

一

这世上,有些喜欢,是猝然降临的。也许只是一个回眸,也许只是一声轻叹,那种懂得,便入了心入了肺,仿佛前世今生的约定。

就像我对西塘的喜欢。

烟雨。小桥。静泊的乌篷船。悠长的廊棚。粉墙黛瓦的房。——这是西塘。初见它,是在一本画册上。只一个照面,我就立马喜欢上了,那份烟雨江南的婉约,让我念念不忘。

今夏的一天,我终寻得机会,得以奔向我心中向往的西塘。

我不认识去西塘的路，看地图，只知道它离苏州不远。对着地图，我用手指，可以轻抚到那个地方，小小的"西塘"二字，小蚂蚁似的，淹没在大大小小的城市名字中。旁边只若有似无地引着一条小红线，是不起眼的乡村路吧？

我和爱人一起，开了车，一路奔了去。这一开，就一直开到嘉定去了。停车问人，居然有人不知道西塘。心里面挺替西塘叫屈的，那个有着千年底蕴的地方，应该是名扬四方的啊，怎么竟有浙江人不知道？但旋即再一想，我又为西塘高兴了，它应是内敛的，不事张扬的，唯其如此，才能保持它应有的宁静。它是世外桃源。

兜兜转转，走了不少冤枉路，在临近黄昏的时候，我们才到达西塘。看着渐渐西沉的太阳，我在心里面暗暗狂喜着，我终于，终于，可以在一个古镇留宿了。这是我盼望已久的事。

二

在西塘找住宿的地方，极容易。随便走进一条弄堂，随便敲开一家门就是了。

接待我们的是一家子，年轻的夫妇，还有一个五六岁的小男孩，小男孩身后跟着一条黑底子白花的小狗。小狗见了人不咬，挺亲热地摇着尾巴。

三张笑脸对着我们看，问一句，来了？仿佛你就是这个家庭的一员，是出远门刚回来了。

心，不由得一暖。我们笑，是，来住宿呢。

好啊好啊。男主人热情地把我们引进房间,房间里有雕花的老式床,老式的梳妆台,还有老式的桌与柜子。

我对老式梳妆台很感兴趣,跳过去看。正中央一面镜子,镜子两边,各一个雕花的小抽屉,里面应是放胭脂和首饰的吧?回头问正笑眉笑眼看我的男主人,这是什么时候的?男主人笑答,清代的吧,祖上留下的。

这一笑,一百多年的光阴就过去了。想当年,一定是个穿着襻扣对襟衫的女子,对着这面镜子梳妆。她的容颜,是否也如花一样盛放?

一念想,已半痴。女主人奉上茶来,笑说,在我们西塘,像这样的古家具,家家都有几件的。

三

我们扣上门,到街上去闲逛。

因不急着走,便有了气定神闲。我施施然地穿街过巷,俨然就是这古老集镇上的一员。

临街的房,各个开着一些店铺,卖些古色古香的物件。你打门前过,摸摸这件,抚抚那件,可买可不买,悉听尊便。他们更多的是展览,好东西不藏着掖着,留给大家看。他们的脸上,是与岁月同在的从容和闲散。

最令我惊奇的是木雕。一幅幅山水和人物,栩栩如生在一块简陋的木头上。木头挂满一屋,一屋的典雅。主人不在,在对门聊天儿,遥遥递过话来,你们随便看哟。回头,相遇到他的笑,亲切中竟透着熟稔，仿佛是相识很久的故人。

年老的阿婆，坐在自家门前纳凉，与对门的阿嫂聊着家常。我们停在她们身边听，只听得吴侬软语入耳来，却一句没听懂。没关系，那笑容是懂的。她们抬眼看着我们笑，笑容质朴得一如老街上的青石板。

我在门口往里探头，很想知道那幽深的厅堂后面还有什么。年老的阿婆冲我们笑，操着半生的普通话问，要看的哟？进去看看，没关系啦。我就不客气地迈了进去。厅堂后面，居然还有房，屋里摆设着旧式家具，简单、干净。再过去，就是河了。沿河有回廊，有栏杆半倚，红灯笼在屋檐下垂挂。隔河人家，也是这样的粉墙黛瓦与回廊。房屋倒映在水里，随便一溜眼，都是一幅活色生香的水墨画。

转身出来，再进一条弄堂。弄堂悠长悠长的，仿佛是拉长的一个梦。时光在此停住，千百年来，都是这般模样。

据说这样的弄堂在西塘有二百多条呢。弄中套弄，才走一条，以为到尽头了，没有，又拐入另一条，一样的悠长，一样的沉静。条条里弄，都各有各的故事与传奇。

最出名的要算石皮弄了。地上所铺石板极薄，仅有三厘米厚。像人的皮肤，所以得名。此巷长而窄，长达六十八米，宽八十厘米。仅容一个人走，这个人还必须是身材适中的。若是胖了点的，怕是难过去。想来古人对身材一定重视得很了。呵呵，这是瞎想。

石皮弄傍着王宅，因太晚了，过了王宅放游客进门的时间。我们只能在门外隔了高高的围墙想象，当年那家姓王的大户人家，一定是极气派的。这时，旁边刚好来了两个游客，一个好像到此来过多次，熟门熟路的，在充当解说员呢。于是我听到了有关石皮弄的故事。说这样的里弄当初建出来，是供男人走的，喻为头顶天，脚踩石板。而另一边对应的还有一条里弄，上面全部用瓦当等物挡住了天日，是供女人们走的。那个时候，女人们是不能让人看见的。

莞尔。我跑到另一条里弄去，因夜幕初降，弄堂里深不见底。抬头，望不到一丝天空，上面遮盖得严严实实。我一脚踩进去，听得见岁月在脚底下如暗流汹涌。有三寸金莲从上面拂过啊，岁月无边，她的心是空的，脑袋是空的，只做着那个听话的木偶。花开寂寂，花落，亦寂寂。我一步一步，走得心虚，再走不下去，猛回头，跳出里弄。爱人在弄堂口笑问我，有什么感想？我回两个字：寂寞。

便很庆幸了，我不是古代的那个女子。再繁华的深宅大院，我也不要。我要的，只是做一个人的自由，抬头，就可以看见天日。

四

西塘的廊棚，是古镇的一大特色，那是从街面房屋延伸至河边的一层斜斜的屋面。那样的廊棚，在别处或许可见一二。但有近千米之长的，怕只有西塘了。

关于廊棚，有不同版本的传说。我最喜欢的，是一个助己又助人的故事。

西塘有"吴根越角"之称，在古时候，是一个商贾往来云集的地方。某一年的某一天，一个儒商，来到西塘。当夜逢雨，他躲到一户人家的屋檐下避雨。雨太大，为了避免淋到雨，他突发奇想，在檐下搭成一棚。翌日早晨，那家主人打开门看到外面儒商搭的棚，很是喜欢。把商人热情请进家，好茶好饭招待着，买来上等木材，让商人给他建棚。后来家家争着效仿，纷纷买了木料把商人请进家，建成蔚为可观的长廊。家家相连，再不怕日晒雨淋，又方便了往来的商贾行人，累了，他们就在廊下息着。看着河里船只往来，一杯清茶，可以度过半天悠闲时光。

沿着长长的廊棚走，走过送子来凤桥。夜幕一点一点落，廊前的红灯笼一盏一盏亮起来。我们肚子走饿了，随便相遇一家，对着敞开的屋门问，有吃的吗？那家女主人一边风一样从里面走出来，一边应声道，有啊有啊。

于是，我们搬了桌椅，放到廊棚底下，伴了河坐。风景绝好，头顶上就是一盏悬着的红灯笼。河水细碎地流，岸上的房屋的倒影，跟在后面细细碎碎。主人家问，想吃什么？我说，来点儿你们这儿的特色菜吧。女主人就笑，雪菜烧小鱼吃不吃？煮毛豆吃不吃？还有清水煮河虾。我听得眉毛眼睛都在笑，连连说吃。是喜欢了。

一会儿，菜上来了。味道极好，我们一边慢慢吃，一边四处张望。有孩子在廊棚下唱歌。有狗在撒欢儿。有邻人走过我们桌旁，低了头看一下我们桌上的菜，嘴里面笑着说，是雪菜烧小鱼呀。不远处的石拱桥上，三三两两地，坐着一些纳凉的人。他们是否在说些典故？不得而知。

忽然一片乌云来，雨，说来就来了。好一阵噼里啪啦。一座古镇，霎时淹没在烟雨中。不怕，有廊棚呢，我们稳坐如山。

女主人出来好几次，安慰我们，没事，雨一会儿就停的。果真的，眨眼工夫，雨息了。身后传来小女孩的声音，我喜欢下雨呀。心中一动，这样的女孩，长大了一定柔情似水。也难怪，这样的地方，孕育出来的女子，气质是镶嵌在骨头里的。

而我，有好一刻是恍惚的，我觉得，我就是生于斯长于斯的，在千年的烟雨里。

五

舍不得去睡。

执意要到一座桥上去坐。那座桥，叫环秀桥。

夜了，行人渐稀。古老的西塘，要睡了。

这个时候，坐桥上，凉风习习，一个世界静止在这里，有不知今夕是何年之感。远观过去，是一条红灯笼的河啊，渐渐流淌着的岁月之河，泛着金粉的光芒。仿佛游着的鱼，快乐、安详。

听人介绍说，历史上的西塘，几乎没出过什么达官贵人。有的只是寻常百姓，要不就是一些商贾世家，做做小生意。有了钱，就在这儿建房，侍弄侍弄花草，抚琴吟诗作画。所以，西塘多的是一些民间艺人，像那些木雕竹雕作品，都出自他们之手。他们满足于过那种安居闲落的日子。

到底明了，西塘那从眉眼里透出的淡定与从容，透出的宠辱不惊，是从何而来的了。它是与生俱来的啊。

我想，大起大落是一种人生，平平安安过日子，未尝不是另一种人生。只是，在当今社会，能安得下心来过寻常日子的，能有几人？

　　有乌篷船从灯影深深处缓缓摇来，搅起一河碎碎的波光灯影。我定定望着那一河的水，望着两岸画中的人，画中的房子，一切红尘喧嚣都遁去了，此刻，唯有夜的西塘与我同在。和我同在的，还有我自己。

游人只合扬州老

其实,有时的美丽,只为自己,无关世事的繁华与苍凉。

很多诗人词人写过扬州,我独独喜欢黄慎写的一首诗:"人生只爱扬州住,夹岸垂杨春气薰。自摘园花闲打扮,池边绿映水红裙。"这首诗不特别,可它自有种活泼在里头。满园花簇簇,青春好女子,摘下一朵,斜插于鬓发间。水边闲坐,柳绿裙红,醉了春风的。

这样的扬州,很可爱。是现世里的、生活着的,让我向往。便去了。

到扬州,一是吃,二是看。淮扬菜系是中国著名的四大菜系之一,吃不尽的。路边随便一家小饭店,都能炒出香味独特的扬州炒饭来。那饭不要当饭吃,当菜吃才是。清煮狮子头,更是他们的拿手菜。扬州人热忱,频相问,好吃不?答,好吃。他们立即眉开眼笑,说,当然好吃,这是正宗扬州菜呢。

点一道康熙皇帝喜食的燕来笋。闲坐着等菜上桌,一边喝着一杯西瓜汁,四处看,觉得安静,和好。小店空间狭小,却精致。墙上有绿色植物攀缘,细碎的小花儿,一朵一朵,缀在天花板上。门外,横一条大道,是去往瘦西湖的。路边树绿花红,不时有行人走过,朝着店内看,我也看他们,彼此笑一笑,想,我们都是来扬州做客的吧。空气中,弥漫着柳叶香,那应是扬州最地道的味道。

随便跟一个扬州人聊,问,扬州好吗?答,当然好啊。追问,好在哪里?答,美呗。笑。一个美,囊括了所有,是天晴好、人晴好、景晴好。

真的晴好。大太阳一路照着,"两堤花柳全依水,一路楼台直到山",水是瘦西湖的水,窈窕如女子的腰,一路迤逦而行。那水,不寂寞,有一路的垂柳相伴,还有桥与亭不倦地守候。桥精致,亭精致。湖水碧绿,天空瓦蓝。

无柳不成瘦西湖。长堤春柳。那些柳,在风中飘成绿烟一片片。扬州的朋友解释"烟花"一词给我听,说是飞烟如花。可不是嘛!那柳丝飞起,真的成了烟花,是绿的烟花。

花多。迎春花、玉兰花、茶花、樱花、梅花,还有芍药。各有各的花期与灿烂。姜白石叹,念桥边红药,年年知为谁生?其实,有时的美丽,只为自己,无关世事的繁华与苍凉。对植物来说如此,对人来说,亦如此。

桃亦多。柳与柳之间,每隔几步,就有一株桃。满树的花苞苞,就快撑不住了,一腔的绯红和绮丽,流淌得点点滴滴。扬州的朋友替我可惜,说,你来早了,若是再晚来一些时日,这些花,全开了,那时看去,五步一柳,三步一桃,才叫好看的。我笑而不言,心中却满是欢喜,花半开为好,留着念想。

也去看琼花。枝枝丫丫,看不出特别来。一枝一枝的叶,倒很翠绿。我试图从那些枝叶间,找出花苞苞,却没有。它是不是一朝打苞开花,就给人来个措手不及?听过它的传说,是埋玉而成。这传说美极,让人一下子想到"冰清玉洁"这个词,内心澄清。后来,我去琼花展厅看了它的照片,花硕大如盆,八朵洁白的小花,簇拥着花蕊,仿佛八位仙人,围桌品茗。所以,它又有别称叫聚八仙。我还是以为叫琼花好,是冰雪聪明的一个可人儿,牵人肚肠。

也有山,叫小金山。那是一座人工堆起的小土山,四面环水,亭台楼阁,临水而建。树木葱茏,鸟雀众多。朝东临湖的花厅里,有郑板桥写的对联:"月来满地水,云起一天山。"喜欢那句"月来满地水",是月色如水,水如月色。

白塔是必去看一看的。穿过一路的花花草草,登上白塔。绕塔而行,满眼望去,一个绿莹莹、粉嘟嘟的世界啊。绿的是枝,是叶;粉的是花,是人。游人如织。塔上有小龛,上面雕绘着不同属相,一个小龛、对应一个属相。有人对着小龛许愿,有人虔诚地给小龛上香。我看到一对年轻恋人,手拉手地蹦上白塔,女孩子大概找到男孩子的属相了,笑着大叫:你在这儿,你在这儿。而后,她双手握在胸前,闭起眼,对着小龛,久久没动。男孩子笑问,干吗呢?女孩子睁开眼答,我许愿呢。

我笑着在一边看。我喜欢这样的相爱,花红柳绿的,白日光朗朗地照着。

回转来，登石级入亭，随便拣一处闲坐。湖上有画舫，很古代地悠悠荡过。亭的四角，悬挂着铃铛，风吹来，铃铛发出悦耳的声音，叮当，叮当，叮当。这时的风，很像调皮的小孩子，把铃铛当玩具，不停地敲着，乐此不疲。我静静坐着，看鱼翔水底，听风拂柳，柳拂风，人生百年，恍惚全聚在此刻。想起那句著名的诗来："游人只合江南老。"我却想把它改成"游人只合扬州老"。

不想归去。只想做瘦西湖上，一阕词，一方亭，一棵柳，一朵花。或者，就斜卧成一波湖水，收录着花红柳绿，还有蓝天和飞鸟的影，就这样终老。

我已在这里,坐落千年

> 这段白日光,照耀着曾经,也照耀着你。千古之中,你也是那微小的一粒,单单为这个,就足以值得你感恩的了。

去甪直,一个人。

那时,我遇着一件烦心事,情绪有些低落,我只想找个陌生的地方,供我冥想,让我把不高兴的事儿,统统理清、埋葬掉。于是乎,我就到了甪直。

我住在那里的商务宾馆里。站窗口,可以望见楼下一条河,傍楼而过。河水清涟涟的,倒映着两岸的楼台房舍。河边一棵柳,被春风的手抚醒了,冒出点点新绿来,探头探脑的。看得我一阵欢喜,渐渐忘了不快。

我放好行李,出门,去找老街。在邮局门口,我瞥见烤山芋的炉子,在微凉的风中,冒着温暖香甜的气息。那种气息,让我如遇故人。我小愣了一下，走过去，买两只。跟烤山芋的妇人开玩笑，我说我都买过你好几回的烤山芋啦。妇人笑，说，是吗？她把秤杆给我翘得高高的，还抹去了零头，殷殷说，下次再来买啊。我答应，好啊。握着满手的香和暖，我乐着，一路乐着。

甪直的老街离新街不远，有大红灯笼一路引过去，隔老远，就望见一座雕塑矗立在老街中央，那是独角神兽"甪端"。传说中，神兽甪端巡察四方，偶经过此处，看到这里风调雨顺，宁静祥和，觉得是块风水宝地，遂长期落脚于此。

甪直的历史，悠久得有些像传说，两千五百多年前，此处就有人烟。唐朝之前，原叫甫里。唐朝之后，因河道呈"甪"字形，甫里改称甪直。水多，桥自然也多，老街有"桥都"之称。据说桥多时，一平方公里内，就有七十二座半。宋、元、明、清的都有，各领风骚。现存的仅四十一座，成了老街最有看头的地方。你从一座桥，走到另一座桥去，有时仅仅几步，却似乎已在时光的隧道里，行走了千百年。那些桥形态各异，大小不一，有拱着的，有平着的，有双孔的，有多孔的，有双桥连生的……你随便站到一座桥上，看岸边垂柳，在风中轻拂。看两岸黛瓦木门，在水中轻荡。再亘远的岁月，也已抿成此刻的一段白日光。你只觉得好，因为你恰恰在这里，这段白日光，照耀着曾经，也照耀着你。千古之中，你也是那微小的一粒，单单为这个，就足以值得你感恩的了。

老街弄堂也多，多狭窄。两旁的骑楼，被岁月的烟火熏成了烟灰色，人在骑楼之上，与对面人可以伸手相握。从弄堂口望过去，窄窄的弄堂，像一口横放的井。店铺一家挨着一家，卖十字绣的，卖小首饰的，卖牛角梳的，还有穿古装拍照的……典型的江南古镇。然却自有它骨子里的静，是冬日煦阳穿堂来。极少的游人，三三两两走着，脚步轻轻。路边的店铺，没有一点儿吆喝声，店主人安静地坐着，看街。或是，手里在做着事，捏青团子啦，包小馄饨啦，磨牛角梳啦……随处可见奥灶面，三五块钱一碗，肉末堆得尖尖的，好吃。千年古刹保圣寺门口，也是寂然一片。院内高大的银杏树上，撑着日光的影，闪闪烁烁。站老街的外围看过去，老街很像一幅绣好的十字绣。

夜里，雨下。早起，我冒雨再去老街。八九点了，老街还在睡梦中。许多的店铺尚未开门，弄堂里针掉地上，也听得见。我听着雨落在伞上，嗒嗒，嗒嗒，如春蚕私语，这么走着，又觉得欢喜了。在一拱桥上，我遇到一当地人，提着一捆碧绿的青菜，走过拱桥去。我望着她渐行渐远，她手里那捆碧绿，在雨雾中欢腾着、水灵着。她是回去做饭给一家人吃吗？尘世烟火，原是这样的分明。

一家吃食小店开了门，我走进去，要一碗小馄饨。店内只有一妇人，她给我下好馄饨，便坐到一边去了。馄饨色泽如玉，味道极为鲜美。我慢慢吃，间或和妇人对望一眼，她看着我笑，我也看着她笑。然后我们一齐望向门外，门外的小河里，雨在水面上跳出小碎波。我想起一句歌词来，天青色等烟雨，而我在等你。我似乎已在这里，坐落千年。

绿

> 想捧上那样的一捧绿,在口袋里放好。不为什么,只想随时摸摸,这生命的质地。

喜欢绿。

没有一种颜色,比绿更广阔更浩荡。

春天,花还没来,绿先远行。人们不远千里追去看草原,其实,是去看绿的。牛羊点缀在绿上。湖泊镶嵌在绿上。蒙古包像白花朵一样的,盛开在绿上。一望无际的绿。波涛翻滚的绿。让一颗奔波的心,只想欢唱,只想纵情一回。

废弃的百年院落,墙上爬满绿。地上的砖缝里渗着绿。屋顶上,绣着绿。——那真的像是绣上去的,绒绒的,在黑的瓦片上。

一只猫,跳上院墙,碰翻了一墙的绿。它在墙头上回眸,眼睛里,汪着两潭绿水。看着,竟让人忘了时间,忘了惆怅。

这世上，最是万古不朽的，是绿。

有绿环绕，生的趣味，才源源不断。

我是在秦岭，大山腹部，遇见一条绿的溪流。

真真是绿透了呀，像把满山的绿草绿树，都给揉碎了，榨出汁来，倒在里面。

我惊诧地顿住脚步。想捧上那样的一捧绿，在口袋里放好。不为什么，只想随时摸摸，这生命的质地。

也终于明白，亨利八世的爱情。他偶遇一个着绿衫的姑娘，立即为之神魂颠倒。宫廷华丽，美女如云，却难忘野外的绿袖子。小绿初开，在心里种出温柔来。怎能相忘！怎么相忘！于是，一曲《绿袖子》成了经典。

这是绿的魔力。

去西藏。好山好水地看过去，最难忘的，却是纳木错。

高原之上，它不时地变着魔术，逗自己玩。天空是蓝的，它就是蓝的。天空是靛青的，它就是靛青的。天空是灰的，它就是灰的。

那天我去，恰好撞见一个绿的湖，碧绿的，像条绿丝带，飘拂于山峦之中。

之前，我因高原反应剧烈，头疼欲裂，寸步难行。然等我看到它的刹那，我的所有不良反应，竟神奇般地消失。我跳下车去，奔向它。那飘向天际的绿丝带，跟山峦浑然一体，跟天空浑然一体，纯净安然。你只觉得灵魂被洗濯一遍，空灵、宁静、无所欲求。

湖旁堆着不少玛尼堆。有的高得像座小山丘。人们绕湖一圈，祈福，放下一粒石子。再绕湖一圈，祈福，放下一粒石子。如此循环，无有止境，才形成这样的玛尼堆。而绕湖一圈，需要几十天的时间。这小山丘一样的玛尼堆，该叠加着多少双虔诚的脚印！祈求我的牛羊啊。祈求我的亲人啊。祈求这混沌的尘世啊。他们信奉着心中的神，欢乐、哀伤、痛苦、悲怆，一切的情绪，最终，都化为平静。平静得像一抹绿，湖水一般的绿。

生命本该呈现的，就是这样的平静啊。

在一个叫华阳的山区，看山民们制作神仙豆腐。

说是豆腐，其实与豆一点儿关系也没有，它完完全全是由绿绿的树叶制作而成。

树的学名叫双翅六道木，山民们却唤它神仙树。过去饥荒年代，人们拿它救命，捣碎，取汁充饥。谁知那汁液竟十分的可口黏稠，绵软似豆腐。人们怀着感恩的心，当它是神仙所赐，叫它神仙豆腐。代代相传，它成了独特的民间小吃。

一对老夫妇，做这个已五十多年，靠这个养大四个儿女。如今儿女们都出息了，但老人家还是每天一大清早，走很远的路，攀上山去，采回树叶，做神仙豆腐。他们说，做习惯了，一天不做，心里就空得慌。

我看到他们，把烫煮过的绿叶子，扣进木桶里，拿木杵一上一下地杵。绿绿的汁液很快漫出来，被过滤到另一只桶里，均匀地摊到一块大石板上。石板迅捷披上了一件绸缎般的"绿袍子"，那么绿，那么滑。待冷却后，揭下那件"绿袍子"，切成手指宽的绿条条，凉拌，吃在嘴里，又滑又软，清香透了。

那一口一口的绿啊！人间美味，叫人感激。

去江南。随便一座古镇，深巷里闲遛，也总会撞见做青团子的。那是取了青绿的艾蒿，碾碎，和了糯米粉，揉搓而成。

看做青团子，也是极有意思的。眼见着那一团一团的绿，在一双手上盘啊盘啊，就盘成了青团子，乖乖地在蒸笼里躺着，浑身绿得晶莹透亮，像颗绿宝石。蒸笼上冒出的香气，竟也是绿绿的了。

我爱看那些捏着青团子的手，苍老的，或年轻的，无一不浸染着绿。深巷幽静，我的耳畔仿佛响着一支绿的情歌，咿咿呀呀，从千年的烟雨中，一唱三叹地，穿越而来。

逢 简

> 逢简逢简,相逢简单,人生实在没有比这样的相逢更叫人欢喜的了。

逢简是一个小村庄,地处岭南,这奇特的地名,原是由两个姓氏演化而来,一姓逄,一姓简,后人笔误,把"逄"写成"逢",久而久之,也就成了逢简。我倒极赞这样的笔误,逢简逢简,相逢简单,人生实在没有比这样的相逢更叫人欢喜的了。

逢简多水,以水开路,人家多逐水而居。河岸密布果木,芒果、龙眼、人参果、番石榴、杨桃、香蕉,数不胜数,果实就那么累累缀着,也无人采摘,只当风景来赏。不期然的,你还能相遇到一棵大榕树或是鱼尾葵,枝干蓬勃得像一幢房,不用说,那都有上百年的历史了。三角梅热火朝天开着,也不知从哪朝哪代起,它们就那么开着,一小朵一小朵的粉,群集在一起,惊心动魄,倒影在水里,像一群彩色的小鱼在游。尽管是深冬,一棵金桂也还在开着花,细碎浓甜的香,播撒在陈年的瓦楞间、河埠头。我正暗自惊奇,陪同我的当地朋友瞥一眼它,很淡定地告诉我:"这是康熙皇帝当年御赐的。"

我还没回过神儿来,转身,看到一座桥,他说:"是宋代的呢。"再一座,弯曲如弓,三孔倒映着水波,绿树繁花的影子在里面自在摇曳。他说:"这也是宋代的呢。"还有蒙康熙首肯仿皇家花园里的金鳌桥而建的金鳌玉蛛桥。还有安郡王亲赐的"半天朱霞"匾额。在逄简,你若要寻古,那实在多了去了,那么多的祠堂、老屋、寺庙和石碑,哪一个上面,不承载着那个叫作"历史"的词?你随便一低头,脚底下踩着的石板,上面竟隐约刻着字,也是好几百年前的旧物了。村人们只当它是寻常,踩着它下河,踩着它迎来送往,一代一代地繁衍生息,原本就是你中有我、我中有你,彼此消融在一起,这或许才是世界本来的样子。

那么多的河埠头,大的,小的,有石阶一级一级下到水面的,有单单一块大石头翘立的。翻开往昔,哪一页不写着丰饶?兴盛于明末清初的桑基鱼塘,给逄简带来繁荣,低洼处挖泥成塘,养鱼。泥堆塘边植桑,养蚕。塘泥护桑,蚕沙喂鱼,一时这里蚕肥鱼美,墟市发达,商贾云集,一船一船的丝绸运出去,再换回一船一船的黄金。

时光的小船却悠然从容,我看着它慢慢划过去,载着一船欢笑的人,脑子里忽然蹦出《诗经》中的句子来:"溯游从之,宛在水中央。"这个被水环绕着的小村庄,多像住在《诗经》里,素朴洁净,又是灵动飘逸的。"若是你端午来,这河里可热闹了,全是赛龙舟的。"朋友说。朋友本是外乡人,二十多年前来到这里,从此再没挪过窝，他爱上了这里的一草一木、一水一桥。闲时，他随便在哪座古桥上坐坐，听历史的风吹过耳际，看夕阳斜斜地移过古屋祠堂去，只觉得心际辽阔，如打马飞过旷野。

"别看它只是一个小村子，可出过不少人才呢。"朋友如数家珍，"这里曾出过冯氏一门八秀才，梁家三兄弟同是翰林，还出过不少的举人和进士，那些石桥、祠堂、牌楼，都是当年这些人建的。"我听得震惊不已，扭头去看逢简人，却看不出他们有多骄傲。风照旧在吹，水照旧在流，他们忙着把半头烤熟的猪，搬到门外的托盘上。猪头上系着红纸，是祭祀用的，这家人可能要办什么喜事了。一个很老的阿婆，从一幢老房子里走出来，我上前打招呼，她听不懂我的话，我也听不懂她的，我们互相咿咿呀呀半天。朋友站在旁边笑看我们，末了，他翻译给我听，说："阿婆问你吃了没有。"我扑哧笑起来，凡俗的日子，真的与别的无关，吃才是顶顶重要的。这倒应和了逢简的名，简单就是幸福，简单就是快乐。

山是烟波横

尘世生命,各有各的欢喜幸福,而活着的场景,又是多么相似。我总会因这样的相似,而跌入无边的感动里。

临时起意去婺源,是因突然间看到几张婺源的秋的图片,那团团的斑斓,实在勾人魂。

从苏州不返家了,直接往婺源去。所带衣物不够也无妨,将就着穿吧。昔日隐士归隐山林,天当屋、地当床的,我且也回归一次自然。

途经浙江、安徽,在安徽境内由于走错方向,误入大山深处。我没有惧怕,也没有顿足着急,世上再远的距离,也有路能到达。静下心来,走着就是。沿途的风景,如额外馈赠。

"山是烟波横"。山果真似横卧的烟波,一座,又一座。山脚下有人家,白粉墙上,趴一些黄艳的丝瓜花。鸡一群,在草丛里觅食。我恨不得跳下车去,问候一下那些花朵、那些鸡。尘世生命,各有各的欢喜幸福,而活着的场景,又是多么相似。我总会因这样的相似,而跌入无边的感动里。

下午三四点,到达婺源篁岭村。

游人不多,家家客栈都空着。价格极便宜,一百元住一晚。几经比较,选了山脚下的暖阳客栈。喜欢这温暖的名字:暖阳。客栈的姑娘也长得颇似一轮暖阳,少见的温婉谦和。

小楼共四层。生活区在二层,有厨房、餐厅、客厅。客厅里坐着几个人在聊天,看上去像是这家的亲戚。有人在厨房里做饭,搬上餐桌的是一大盆凉拌野菜,言说,采的山上的。原来,她亦是游客。门口有大大的露台,站上面可观不远处的山脉蜿蜒,房舍布列其中。

三层、四层是客房。房间很宽敞,很明亮。白墙上有涂鸦,看似随意,实则颇费匠心。

时候尚早,去山里转转。走时跟小姑娘说好,会回她的客栈吃饭。有鸡在厨房门口探头探脑。那人要吃这只鸡。小姑娘说,好,可以现杀。我拦下了,这么活泼的一只鸡,将成为我们的口中食,我有点儿不忍。我们点了烧小鱼、竹笋炒腊肉、韭菜炒鸡蛋,小姑娘跟我们约定,一个小时后回来吃饭。

转去屋后,找到山民上山下山的小径。石块不规则地铺着,我们上山。才走几步,遇到一山民,是看山的。看山的小房子搭在小径旁,屋内窄小,仅容一人转身。

山民很健谈。他说旅游是这几年才开发的,从前他们都住在山上,靠种地生活。山上长油菜,也长山茶油树。春天,油菜开黄花；秋天，山茶油树开白花。你脚下的路，有上千年的历史呢，我们村里人祖祖辈辈，都是从这里下山上山的。

我们这里好啊，夏天不怎么热，冬天不怎么冷，还有茶油吃，纯天然的，不打农药的。你们要不要带点茶油回去？我家里有，我自己种的。

他说话间，一山民背着沉甸甸的袋子，自山上下来。他们用当地话热烈交谈了几句，他转头告诉我，这是我舅舅，袋子里装的就是山茶油果。

见识到他说的山茶油树，开着满树的白花。还见到一种果实也可榨油的树——乌桕树。紫色的小花开在石径旁，马兰头举着一簇簇白色小花，如戴着花冠。我问他，是喜欢在山上生活，还是山下呢？他说，山上有山上的好，山下有山下的好。眼睛却看着山上，在绿树掩映里，那些房舍，曾是他们祖祖辈辈生活着的家。

天色渐暗，我们下山，他也下山。他在山下拥有一幢小楼，全是木头建的。他很骄傲地告诉我们。

我们跟他告别，从他的木头楼房前走过，回到入住的地方。桌上的饭菜正热着，在等我们归。

章丘的水

> 水看上去并无奇特,然它浩浩荡荡上千里,一路走,一路沉淀,这才有了物草肥美,人烟稠密。

章丘高官寨,一个傍倚黄河的小镇。我到了那里,自然要去看黄河。

陪同我们的,是当地一女子。她从小在黄河岸边长大。说起小时候,她眼神变得迷离。她的老家,就住在黄河边上。那时,她和妹妹成天在黄河边玩。特别是有月亮的晚上,她们迟迟不肯睡觉,在沙地里打滚儿,像两只滚圆的鼹鼠。她们捧起细沙,随风飘扬,一个大大的月亮,恨不得掉到沙地上,砸了她们的头。她迷惑,说,小时的月亮怎么那么大那么圆那么亮呢?

我笑了,我也以为是。那时,人与自然均纯粹。

看黄河,一条飞满尘土的河流。水看上去并无奇特,然它浩浩荡荡上千里,一路走,一路沉淀,这才有了物草肥美,人烟稠密。

它孕育了中华五千年的文明。

岸边的细沙是一大特色,又软又细,像金黄的米粉。

我站在那里静静看,天空上飘着些白云朵,像用绵羊的毛,织成的氅子。我等着它落下来,给黄河披上。

去看百脉泉。章丘因它而灵动。已枯竭两三年了,今年因雨水大,泉水终于冒出来了。市民们欣喜若狂,每天去看百脉泉的人络绎不绝。

确是奇观,那么多的泉眼此起彼伏,如小鱼一串串,吐着泡儿。

最大的墨泉,泉眼之中,如一锅粥在鼎沸,昼夜不息。梅花泉名副其实,五注泉水,汩汩而出,恰如五瓣梅花盛开。

大自然的手笔,谁也猜不透。在大自然跟前,我们只能永远做着膜拜者。

南有乔木

万物原都是有灵魂有声音的。

我从西双版纳回来后,有好长一段时间都不适应,神思一直恍惚着,耳畔总响着榕树叶子掉落的声音。

那是棵高山榕,就长在我住的屋子的对面,好像是从巨人国里走出来的,身躯健硕,高不可仰。有风时,它掉叶子;无风时,它也掉叶子。整出的动静是大的,有时是哗啦啦的,有时是咔嚓咔嚓的,有时是簌簌簌的。我初入住到山上时,夜里躺床上,老疑心门前有人走动。起床查看,才知是榕树在掉叶子。

辛丑年的冬天,我一为躲避北方的严寒,二为给自己一段清宁,跑到西双版纳的一座山上住下。那里无丝竹之乱耳,无人声之劳神,人自在得如同山上的一棵树、一株草、一朵花、一只鸟、一条虫。

午后,我常常坐在阳台上,面朝着这棵高山榕,翻着一本书。

书哪里看得进去呢？比脚掌还大的榕树叶子一直在掉落，哗啦啦，咔嚓咔嚓，簌簌簌，有时还会换成沙沙沙，天然谱成的乐曲啊。我想着，若时光的移动也有声音的话，差不多也是这样的声音吧。我浸泡在这样的声音里，身体和情绪都是懒懒的，有时能听上一下午，耳朵都听醉了。

在山上，我有幸启开了我的听觉之门，无意中走进声音的旷野和浩瀚中，相遇到朵朵声音之美，绝不亚于你的眼睛所见到的赤橙黄绿、姹紫嫣红。

风走过榕树，和风走过鸭掌木、狐尾椰、美丽异木棉、王棕的声音是不一样的；

风走过一朵扶桑，和风走过一丛红粉扑花、几簇蓝花草的声音是不一样的；

风走过旅人蕉，和风走过蝎尾蕉、夜来香、三角梅的声音是不一样的。

在那里，一座山就是一个独立王国，所有的臣民都安居乐业，歌舞升平。风走到那里，就如同走进一座摆满乐器的宝库里了，随便一弹，都是一首大曲，随即会引来千万声的应和。每一个生命体的身上，都挂满音符，我能在静里头感受到这一点。住在基诺山的基诺族人说，神灵无处不在。他们相信山有山神，水有水神，地有地神，火有火神，太阳有太阳神，月亮有月亮神。每个屋子里，又都住着家神。我深以为然，万物原都是有灵魂有声音的。星夜下，我甚至能听到叶的呼吸、花朵的呼吸、露水的呼吸、薄雾的呼吸，轻微的、鲜活的。更有那草虫的低吟、小鸟的轻呢、松鼠的私语、蛙的美声唱腔，各有各的趣儿，均是妙不可言的。

对的，你没听错，是蛙叫。拐过一个山角，蛙就伏在一蓬怒放的三角梅下，呱咕呱咕地敲着战鼓。在那里，四季是模糊着的，林木、草虫、松鼠和蛙们，好像都没有冬眠的习惯。

斑姬啄木鸟弄出的声响最是生动，笃、笃、笃、笃、笃、笃……像敲着一节竹筒，没完没了地敲，跟小和尚在念经似的。它一敲起来，满山就只闻它的声音了。这个时候，你仿佛听到一座山的心跳，笃、笃、笃、笃、笃、笃，相当有节奏感。这小家伙警惕性高，藏身隐蔽，好隐于高高的树杪间，人往往只闻其声，不见其影。它有时也会跑到我对面的高山榕上，笃、笃、笃，笃、笃、笃，很勤勉地敲击着。据说它每敲击一下，就能捉住一只害虫。它对外部声音极其敏感，一旦发现于它不利的"敌情"，它立即停止敲击，迅速逃离。

一日，我又听到对面的高山榕上传出敲竹筒的声音，赶紧搬出相机，掩藏于窗后，轻轻把窗子拉开一条缝，仰头，把相机镜头拉到最大，对准榕树的树冠，一通搜寻。啊哈，它终于在我的屏幕上现身了！我这才得见它的真容。它可真是只漂亮的小小鸟，不过婴儿拳头大小，头顶缀一撮橙红，跟戴着一顶小帽子似的。背上覆着橄榄绿，两翅是褐色的，翅膀边缘染着黄绿色，尾巴上镶一圈黄白。这打扮真是异类又风情，好像要去参加万圣节。后来，每当这只小可爱降临到我对面那棵高山榕上的时候，我都觉得自己像中了大奖，什么也做不成了，傻乎乎地站在窗子后面谛听（阳台我是不敢待了，我怕影响到它）。有它在的每一寸时光，都跳动得很欢快。无数日常之中，我们惯于以视觉为主，以眼见之美为美，闭塞了听觉之门，把多少美妙之音关闭在门外啊。我们的耳朵,积满俗世的尘埃,在一浪一浪的灯红酒绿中,迷失掉听觉。世界其实也是被声音管理着统治着的。天地有大美,声音是大美的一部分。

如果逢着下雨,那一座山简直就跟过节一样,到处澎湃着兴奋的欢呼,你终于体会到什么叫"山呼"了。夜里,我被这样的"山呼"惊醒过,听到对面的高山榕上,像架起几十台架子鼓,咣当咣当敲着。又兼着雨打在一棵鸭掌木上、两棵凤凰木上、五棵腊肠树上、几簇蓝花草上,还有屋顶的瓦片上、屋后的一丛佛肚竹、一棵蓝楹树和几棵羊蹄甲上,高音中音低音混合音都有了,热热闹闹一场大型演奏会啊。我睡在暗里头听着,感觉自己是乘坐在一艘船上,绿色的波浪一堆一堆涌过来,拍击着船舷,发出高高低低愉悦的声响。我想到韦庄的"画船听雨眠"了,我这是"枕山听雨眠"啊,人生之幸福事件中,这算得上是上好的一件了。

高山榕头顶上的天空,大多数时候湛蓝得很过分,跟羊卓雍错的湖水一般的蓝。看着这样的天空,我总不免联想到青藏高原上的羊卓雍错,我怀疑就是那里的湖水,奔涌到这里的天上来了。而每一朵飘过来的云,都如同天山上的雪莲一般白。

真得说说南方的云。那里的云,没有一朵是单薄的、郁郁寡欢的。它们丰满、健康、活泼,总是成群结队的,追逐着,奔跑着,陶然忘机,乐尽天真。我有时在山上散着步,偶一抬头,不得了了,一天空肆意游荡的云,仿佛放养了千万头的羊。山顶上,长着一棵高大的火焰木。云朵们冲着它而去,像驾着一艘白色的帆船,腾起一股白色的细浪。至于火焰木,我也是到了这座山上,才真正结识它的。这话说得其实不太准确，我从红河州一路行来，路边就多此树，长得又高大又健壮，举着一束束火把似的红花朵，站在公路两旁夺人眼球。我迷惑了一路，这到底是啥花呢？恨不得跳下车去问个究竟。入住到山上后，我在山顶上看到它，真是又惊又喜。我终于得知它的名字——火焰木。这名字叫得多体贴，它果真很像火焰，花朵雄踞枝叶顶端，橙红橙红的，恰如一簇簇熊熊燃烧的炉火。像旗帜。像口号。如果它喊口号，会喊什么？我想，它一定会这么喊：燃烧吧，火焰！

冬天山上开花的树不多，除了这棵火焰木，就只有几棵羊蹄甲和柚子树了。它完全能称王称霸了。很快，云朵们驾起的"白色帆船"，到达它的头顶上了。我的眼睛不敢置信地瞪大，再瞪大。我不敢发出声响，我怕惊着了那一幕。那艳艳的红，映着那清清白白的白，两厢都把真心彻底交付，红的更红了，白的更白了，绚美得就像一个绝境。你想着，即便那是深渊，你也无法抗拒要纵身一跃。我真想截下那艘"白色帆船"，再借红花朵一朵两朵，约上三五好友，划着它，往山的更深处去。南北朝的陶弘景中年后看破红尘，隐居山中修道，每日里只与清风和白云为伍，日子过得很是逍遥。当他接到齐高帝邀他出山的诏书后，客客气气写了一诗回复："山中何所有，岭上多白云。只可自怡悦，不堪持赠君。"在他，俗世的功名利禄，远抵不过一朵白云。闲闲淡淡之中，隐着他的富贵气象。那气象，是山中白云所滋养出来的。齐高帝不傻，哪里听不出他的弦外之音？可也只能笑笑，一点儿埋怨也不能有的。我却实打实地可惜着，山上这么多这么好的白云啊，只能我一人独享了，没办法赠予谁。

当白云朵飘来我对面高山榕上的时候，便如同天降祥瑞。一树深广茂密的绿，变得更绿了。不用说，白云朵在树顶上待多久，我就看多久。看得心软塌塌的，想对所有的事物温柔，想对所有的人温柔，哪怕曾用恶语恶行伤害过我的人，我也能原谅他了。

季节在别处已是深冬，可在那座山上，是没有冬天的，每天气温都在二十摄氏度左右。高山榕却为了迎合季节，努力摆出一个姿态，做出一点儿改朝换代的事情，它舍掉一批叶子，再舍掉一批叶子。好奇怪的，它这么拼命地掉着叶子，看上去，依然是广阔蓊郁的，不见一点儿萧索。答案要在它身上找，它是一边掉叶子，一边长叶子的。四季常绿，这是它的本事。

也不是所有榕树都是四季常绿的。我在山上还遇到别的榕树，有我知道名字的，像木瓜榕和黄葛榕。也有我苦寻不到名字的。问当地人，他们肯定地说，这是榕树。当然是榕树，它具备榕树最显著的特征——气生根。它从树冠上垂下好多条气根，这些气根相互勾结，重又缠上树干，使得树干看上去遒劲苍然，古意森森。它长在接近山顶的一条路旁，我散步，每每从它身边走过，总要多看它两眼。有时，我也会特地跑去看它。我看见过比小鸟大不了多少的小松鼠，在它的枝头蹦跳。我也看见比蝴蝶大不了多少的小鸟，站在它的树顶上啁啾。月夜里，我出门看月亮，突然想看看它在月下的样子。然后远远地，我就看到一个很奇幻的景象，黛青色的夜幕下，它苍劲拙朴的枝条，宛如手臂，把一个大月亮抱在怀里。

它的叶子掉落得很快，前后不足一星期，满树的叶子，就掉得光光的。新叶的萌生也很快，许是在它决定掉叶子的时候，它生长的接力棒，就已交给新叶了。也只两三天的工夫，它便又萌生出一树的新芽。嫩叶芽稍稍卷着，像刚钻出土的小竹笋，泛着溪水般的浅绿和浅褐。

上午的阳光照耀着它，它的每片嫩叶芽，都呈透明状态，里面游走着一丝丝金线，仿佛它的血液是金色的。我望着那些发光的"小金片"，陷入沉思，原来，每片叶子的身体里，都藏着金子。光，是一个发现者。那么，我们每一个人的身体里，是否也藏着金子呢？当光照着我们，穿透我们时，我们的灵魂，也会闪闪发光吧。

几个当地傣族人簇在树下，朝树上仰着头，热切地说着话。树丫上已攀爬着一瘦小的妇人，肩挎一布包，忙着采摘嫩叶芽。她手脚灵活，蹲高爬低的，很是敏捷，看来她这一生中，没少上过树。那些高高的椰子树上，结着的椰子要采。那些粗壮的菠萝蜜树上，结着的累累的菠萝蜜要采。那些木瓜榕上，结着的木瓜榕要采。她还要采酸角，采腊肠果，采杨桃，采莲雾，哪一样不要爬上树去？她还要采了酸苞菜的嫩芽煲汤，采了羊蹄甲的花入馔。滇石梓的花是绝不能放过的呀，树那么高，一树香花黄澄澄地在树上招摇。泼水节的美食毫糯索里，是不能少了它的。加了它的毫糯索，不光色泽诱人、香气扑鼻，还能在高温下存放好多天不坏。他们叫它"香花树"。一树开花，百家争着来采。

这日，我得知了这种榕树叶芽的吃法，可以炒着吃，可以凉拌着吃，也可以煨汤吃。他们送我一枚嫩叶芽，让我放嘴里嚼嚼看。能生吃的呀。他们说。我真的放嘴里了，味道有点儿苦，有点儿酸。他们见我皱着眉头，一齐哈哈笑了，有点儿苦吧？吃的就是这苦味呀，好吃！我知他们说的都是真的。我曾到过傣族人家做客，桌上有一半菜肴都是山上挖的野菜、树上采的嫩叶，主人家洗洗就端上桌了。吃的时候，蘸上他们自制的"喃咪"（相当于汉族人的酱，有酸的，有辣的）就好了。我吃不来，可傣族人却甘之如饴。特殊的气候和地理环境，加上山地多耕地少，使得他们熟知身边每样自然草木的习性，哪种可以解饥，哪种可以治病，哪种有毒，哪种甘甜，他们门儿清，以此度过悠悠岁月。

他们知道的自然秘密，远比别的人要多得多。

鲜花、雪山、小旱獭

世间万物相处，若都能当邻居，该多美好！

夏塔，在蒙古语里称之"沙图阿满"，意为"阶梯"。它是伊犁通向南疆的捷径，是古代丝绸之路上最为险峻和高危的一条古隘道，又名"唐僧古道"。相传两千多年前，大汉公主细君和解忧，就是经夏塔古道，到达乌孙国的。唐僧西去印度取经，亦是走的这条道。

夏塔古道不通车，我们只能把行李取下来，背上，步行前去要入住的小木屋。山路崎岖，山上草木浓密。有河绕山脚下淙淙流淌，水呈奶白色，当地人称"牛奶河"。确为奇观。

几排小木屋在等着我们。据领队的希腊讲，这是盖于1920年的小木屋。基于什么缘由盖了这些房子，希腊也说不分明。但现在，它们成了接纳各地来往驴友的"家"。

从外面看过来，小木屋真是诗情画意得很，褐红色的木头，几无加工，就是木头本来的样子，拙朴着，古色古香着。木屋的前面是山，白云朵从山后面爬上来。木屋的后面是山，树木葱葱，高低起伏，几与天齐。木屋的左面是山，右面还是山。洁白的雪，覆在山顶上。它们是哪一年落下的雪呢？有没有一粒，亲眼见到过那个远嫁而来的大汉和亲公主？后来的琵琶，早已换了主人，而这粒雪，还守在这里。

手机无信号。真好，过一段与世隔绝的日子。

我们稍稍收拾一下，去走夏塔古道。先是坐电瓶车进山，约莫半个小时，停车，步行。绝对的原始古道，坑洼不平，马走，牛走，羊走，狗走，人走。各色鲜花开在两旁。四面青山环抱，山脚下，河水哗哗奔流，水稠稠的，真的状如牛奶。

迎面雪山矗立，云雾轻绕，山脚下却是蔓草青青。我的眼睛是忙不过来了，哪里都是美，且美得只此一家，独一无二。

冷，我却是顾不上的，也顾不得脚下的牛粪马粪。在草原上，不踩上几脚牲畜的粪便，就不算到过草原了。我奔着花儿去。马儿过来。牛低头吃草，吃得啧啧啧，它们自我陶醉得不行。遇见一冬窝子，掩在花丛中。木头搭建，屋顶上亦纷披着各色小花。我好奇去探访，见门扣着，正失望时，主人来开门，说，我们冬天就住这里。

冬天，我们在这里放羊。他坐到炕上，笑嘻嘻地说。木屋里，倚墙是长长的炕。

冬天不冷吗？我问。

不冷，热着呢。他笑，冬天这里下雪，但太阳一升起来，雪就化了。

我想象着那样的冬天：屋子里生着炉火，炉火上热着奶茶，外面飘着雪。若是小旱獭来敲门，也能喝上一碗吧。

真的有小旱獭，在离冬窝子不远的花丛中，对着我们看。黄黄的毛发，憨态可掬的样子，肉滚滚的。草甸上，山坡上，冷杉下，都是它们的窝，洞掘得深深的，它们不时在洞穴口晃悠，在鲜花丛中发呆。

问，它们不怕人吗？

答，不怕。它们是我们的邻居嘛。

世间万物相处，若都能当邻居，该多美好！

道路崎岖、泥泞，我常被石头绊着，被草根绊着，却不舍止步。走啊走啊，去往青草更深处。去往鲜花更深处。上坡，下坡，渡河，越沟。雪山莹莹，鲜花漫漫。我的灵魂出窍了。

偶有雨点落下，而天空却是明净的。白云一层一层叠加着，厚得不能再厚，一线的蓝天，从里面挣脱出来，像一眼湖泊似的。

走得腿酸，也才识得它的冰山一角。想要翻越天山去，也只想想罢了。我对远古大唐的那个僧人，充满无限敬意。

六七点钟我们回转入住的小木屋，落了一阵子雨。空气湿湿的，冷。无多余的热水可洗，无电视可看，手机信号也不通。回到从前的岁月了，天黑了，就关起门来睡觉吧。

天却未黑，傍晚也才刚刚开始。听见牛在不远处叫，哞哞哞的。原打算晚上在院子里看星星的，这下子，星星是看不到了。我忧愁着，这一夜，我将如何抵抗这冷？

九点半，雨声渐大，敲在小木屋顶上，咚咚咚。那些小花呢？那些小草呢？雨声会敲醒它们的梦吗？睡在雪山怀抱中，睡在雨声里，这感觉很奇妙。

男人们凑成一堆喝酒。我好不容易得了只空酒瓶，找了点热水，灌进去，抱怀里，这才感觉到身上有了点热气。

坐着火车去远方

> 我想对所有人微笑，告诉他们，我们能同乘一辆车，真好。

喜欢坐着火车，去远行。

譬如那样的夜晚，酷夏已过，秋的足音，已在某处山谷间响起。我坐上火车，去云南。满世界仿佛只剩下那一列火车，一个小的世界。人影幢幢，这是车窗内。哪家的小孩子，新奇着火车上的夜，在车厢的走廊里，来回乱窜，笑声一串串。见人，不害怕，睁大眼瞅你，让你似看见两汪清潭，抑或是两湾小溪。心会莫名地一软，像清风碰着花蕊。这个时候，我想对所有人微笑，告诉他们，我们能同乘一辆车，真好。

哐啷，哐啷，火车的声音，单调，又悠长，无有止境。有好一会儿，我的目的地似乎模糊着，我只觉得，它是驶向天边去，像船航行于茫茫的碧波上。这世上，因为遥远才生向往。因为向往，才生美好。而我，正走向"遥远"的天边去，美好就在前方，花团锦簇般候着。我为即将到来的相见，暗自欢喜。

车厢内，渐渐安静下来。走廊的灯光昏黄，像梦。我舍不得睡，脸贴着车窗，看。远远近近，一朵一朵的灯火，流星样划过去。我知道，火车正穿过一座一座的山峦，一个一个的村庄。穿过一棵一棵的树、一株一株的草、一捧一捧的向日葵。穿过玉米地、高粱地、番薯地。穿过一条一条的河流。穿过一个一个的窗口。窗口长着沙枣树。有少年正守在窗口，看着这列火车吗？在他（她）的眼里，这列火车，一定满载着鲜花和幸福吧，蜜糖一样的，溢满他（她）的心空。

年少时的幻想，总是充满芬芳，渴望飞翔，渴望远方。而远方到底在哪里？总要到多年后才明白，你是我的远方，我是你的远方，我们在距离外美好着。

便想起第一次见到火车的情景。那时，还在偏远的一座小城念大学，小城不通火车，去看火车，成了极向往的一件事。后来，几个同学，终于相伴着去往南京，目的只有一个，看火车去。公共汽车一路晃啊晃，晃到南京。一列火车，轰隆隆驶过我们的耳际，我们全都激动得欢呼起来。

年轻时的快乐，来得简捷又单纯。

也有一次难忘的坐火车经历。是从广州到无锡。票不好买，我就买了站票。车厢内塞满人，你挨着我，我挨着你，像一锅沸腾的粥似的。夜里最是难熬，大家东倒西歪，有趴在箱子上睡着了的。有趴在卫生间的洗脸台上睡着了的。一对小夫妻，女人趴在男人的肩上睡，男人就一动不动，睁着眼坐着，生怕惊醒了女人。有一人，拿了报纸给我，示意我可以坐在地上。余下时光，我就坐在那几页报纸上，手抱着膝，进入睡眠，竟然睡得很香甜。

生活在底层，心与心的距离，有时会更近。

黄磊有一首歌叫《背影》，是关于在火车站分别的。我听了十多年了，总也听不够。他在歌里唱："火车就要开了，我就要走了，离别就要来了，话怎么说呢？"秋的帷幕下，火车的笛声已拉响，就要离开站台了。分别的人，他，和她，站在秋的背景里，伤感落满双肩。火车隔断，他在她眼里，渐渐成为天边。

江湖已老，离别还年轻。